〔清〕秦巘 编著
鄧魁英 劉永泰 整理

詞繫

第五分册

北京师范大学出版社

匯例詞牌總譜

汇例词牌总谱

詞繫卷十八

宋

齊天樂　百二字　一名臺城路　五福降中天　如此江山　　周邦彥

綠蕪彫盡臺城路句殊鄉又逢秋晚韻暮雨生寒句鳴蛩勸織句深閣時聞裁剪叶雲窗靜掩叶嘆重拂羅裀句頓疏花簟叶尚有練囊句露螢清夜照書卷叶　荆江留滯最久句故人相望處句離思何限叶渭水西風句長安亂葉句空憶詩情宛轉叶憑高眺遠叶正玉液新篘句蟹螯初薦叶醉倒山翁句但愁斜照斂叶

《宋史·樂志》太宗製仙吕調《齊天長壽樂》。又云：正宫調大曲名，周密天基聖節排當樂次，夾鐘宫，第二盞，觱篥起聖壽《齊天樂慢》。又諸部合《齊天樂》曲破。姜夔詞自注正宫。《九宫大成》南詞正宫，北詞仙吕調，皆有此名。因首句，一名《臺城路》。沈端節詞名《五福降中天》。張輯詞有「如此江山」句，名《如此江山》。「靜掩」、「眺遠」、「最久」、「照斂」，用去上聲，勿誤。《詞律》不知前結「照」字去，「卷」字上，亦不可易，失注。後起六字，三平三仄，有不拘者。次句有用一領四字句，三句有用平平平仄者，或仄平平仄者。然名家姜、吴、王、張皆如此填。「練」字，一本作「練」。「綠」、「練」可平。「彫」、「時」、「重」可仄。「思」去聲。

又一體百二字

端午

疏疏幾點黄梅雨韻佳節又逢重五叶角黍包金叶香蒲泛玉句風物依然荆楚叶形裁艾虎叶更釵裊朱符句臂纏紅縷叶撲粉香綿句喚風綾扇小窗午叶　沉湘人去已遠句勸君休對景句感時懷古叶慢轉鶯喉句輕敲象板句勝讀離騷章句叶荷香暗度叶漸引入醄醄句醉鄉深處叶卧聽江頭句畫船喧疊鼓叶

《片玉詞》注云：或刻無名氏。《汲古》爲楊无咎作。此首句即起韻，餘同。「五」字，《草堂》本作「午」，重叶。今從《汲古》。「節」字，《汲古》作「時」，「疊」字作「韻」，誤。

又一體百三字

觀競渡　　　　呂渭老

香紅飄没明春水句寒食萬家游舫韻整整斜斜句疏疏密密句簾纈旗紅相望叶江波蕩漾叶稱彩艦龍舟句綉衣霞槳叶舞楫争先句笑歌簫鼓亂清唱叶　重來劉郎老句對故園豆桃紅春晚句盡成惆悵叶淚雨難晴句愁眉又結句翻覆十年手掌叶如今怎向叶念舞板歌塵句遠如天上叶斜日回舟句

醉魂空舞颺叶

後起一五、一三、兩四字，比各家多一字。「笑歌」二字，《汲古》作「歌笑」，誤。

又一體百二字

壽史滄州　　劉子寰

雅歌堂下新堤路韻柳外行人相語叶碧藕開花句金桃結子句三見使君初度叶樓臺北渚叶似畫出西湖句水雲深處叶彩鷁雙飛句水亭開宴近重午叶　溪蒲堪薦緑醑叶幔亭何惜句爲曾孫留住叶碧水吟哦句滄洲夢想句未放舟橫野渡叶維申及甫叶正夾輔中興句擎天作柱叶願祝嵩高句歲添長命縷叶

前後起句皆叶韻。「爲」去聲。

又一體百三字

左綿道中　　陸游

角殘鐘曉關山路句行人乍依孤店韻塞月征塵句鞭絲帽影句常把流年虚占叶藏鴉柳暗叶嘆輕負

鶯花句漫勞書劍叶事往闌情句悄然頻動壯游念叶　孤懷誰與強遣句市壚沽酒句酒薄怎當愁釅叶倚瑟妍詞句調鉛妙筆句那寫柔情芳艷叶征途自厭叶況烟斂蕪痕句雨稀萍點叶最是眠時句枕寒門半掩叶

後起一六、一四、一六字，與各家異。又一體也。「遣」字非叶。陸又一首亦不叶。且通首用閉口韻甚嚴，此字不應出韻。

又一體百五字

方千里

碧紗窗外黃鸝語句聲聲似愁春晚韻岸柳飄綿句庭花墮雪句惟有平蕪如剪叶重門向掩叶看風動疏簾句浪鋪湘簟叶暗想前歡句舊游心事寄詩卷叶　鱗鴻音信未覩句夢魂尋訪後句關山又隔無限叶客館愁思句天涯倦迹句幾許良宵展轉叶閒情意遠叶記密閣深閨句綉衾羅薦叶睡起無人句料應眉黛斂叶

後段第三句六字。此和周韻，不應多二字，想是襯字。各家和詞，每每參差，意到筆隨，非若後世之尋行數墨者比也。可見詞不當以字數計，當以聲調格律爲重。

又一體百三字　　王月山

夜來疏雨鳴金井句一葉舞風紅淺韻蓮渚生香向蘭皋浮爽句涼思頓欺班扇叶秋光冉冉叶任老卻蘆花句西風不管叶清興難磨句幾回有句到詩卷叶　長安故人別後句料征鴻聲裡句畫闌憑遍叶橫竹吹商句疏砧點月句好夢又隨雲遠叶閒情似綫叶共繫損柔腸句不堪裁剪叶聽作鳴蛩句一夜聲聲是怨叶

見《草堂詩餘》。結句六字，與各家異。

又一體百四字

填温飛卿江南曲　　衛元卿

藕花洲上芙蓉楫句羞郎故移深處韻弄影萍開句搴香袖冪句瀏鶒雙雙飛去叶垂鞭笑顧叶問住否橫塘句試窺簾户叶妙舞妍歌句甚時相見定相許叶　歸來憔悴句錦帳久塵金句犢轤連娟句黛眉顰嫵叶扇底紅鉛句愁痕暗漬句消得腰支如許叶鸞弦解語叶鎮明月西南句伴人淒楚叶悶拾楊花句等閑春又負叶

後起一四、一五、兩四字，與各家異。

又一體百一字　　張翥

紅霜一樹凄涼葉句驚烏夜深啼落韻客裡相逢句樽前細數句幾度風飄雨泊叶微吟緩酌叶漸月影斜欹句畫闌東角叶只怕梅花句無人看管瘦如削叶　江湖容易歲晚句想多情念我句歸信曾約叶塵土狂踪句山林舊隱句夢寄草堂猿鶴叶離懷最惡叶酒醒香殘句燭寒花薄叶一段銷凝句覺來無數着叶

後段第八句四字，比各家少一字。

五福降中天百字

梅　　沈端節

月朧烟淡霜蹊滑句孤宿暮村荒驛韻遶樹微吟句巡檐索笑句自分平生相得叶池冰半釋叶正節物驚心句淚痕沾臆叶流水濺濺照影句古寺滿春色叶　沉嘆今年未識叶暗香微動處句人初寂叶酷愛芳姿句最憐幽韻句來款禪房深密叶他時恨憶叶悵卻月凌風句信音難的叶雪底幽期句爲誰還露立叶

見《汲古·克齋詞》。與《齊天樂》悉合，自是別名。與江致和正調不同，故附列。

「人初寂」句三字，必係遺脱。「他時恨」下，《汲古》缺「憶」字，「村」字作「林」，誤。「池冰」二字作「冰池」。今從《詞譜》。

慶春宮 百二字

悲秋

雲接平岡句山圍寒野句路回漸轉孤城韻衰柳啼鴉句驚風驅雁句動人一片秋聲叶倦途休駕句淡烟裡豆微茫見星叶塵埃憔悴句生怕黄昏句離思牽縈叶　華堂舊日逢迎叶花艷參差句香霧飄零叶絃管當頭句偏憐嬌鳳句夜深簧暖笙清叶眼波傳意句恨密約豆匆匆未成叶許多煩惱句只爲當時句一晌留情叶

《九宫大成》入南詞越調正曲。此與《慶春澤》不同。《詞綜》刻王沂孫「淺萼梅酸」一首，誤作《慶春澤》，舊譜遂沿其誤，注作别名，實非一調。

《絶妙好詞》名《慶宫春》，亦係誤倒，故不注。《汲古》入吴文英《夢窗甲稿》，題作《旅思》，誤，今據方千里和詞改正。《片玉詞》注云：或刻柳耆卿「偏憐嬌鳳」，一作「唯他絶藝」。

「見」、「未」二字，各家俱用去聲，斷不可平，《圖》注大誤。「衰」、「塵」、「離」、「花」、「香」可仄。「思」去聲。

又一體百二字

送趙元父過吳　　周密

重疊雲衣句微茫鴻影句短篷穩載吳雪韻霜葉敲寒句風燈搖暈句棹歌人語嗚咽叶擁衾呼酒句正百里豆冰河乍合叶千山換色句一鏡無塵句玉龍吹裂叶　夜深醉踏長虹句表裡空明句古今清絕叶高堂在否句登臨休賦句忍見舊時明月叶翠銷香冷句怕空負豆年芳輕別叶孤山春早句一樹梅花句待君同折叶

草窗詞名《慶宮春》。此用入聲韻。「高堂在否」四字，各家同。王沂孫作「花惱難禁」，可不拘。「乍」、「換」、「一」、「玉」、「醉」、「表」、「在」、「忍」、「舊」可平。「霜」、「龍」、「休」可仄。「百」作平。

瑞鶴仙百二字

悄郊原帶郭韻行路永句客去車塵漠漠叶斜陽映山落叶斂餘紅猶戀孤城闌角叶凌波步弱叶過短亭何用素約叶有流鶯勸我句重解綉鞍句緩引春酌叶　不記歸時早暮句上馬誰扶句醒眠朱閣叶驚飆動幕叶扶殘醉句繞紅藥叶嘆西園已是句花深無地句東風何事又惡叶任流光過卻叶猶喜洞天自樂叶

高拭詞注正宮。《九宮大成》入北詞仙吕調，又入南詞正宮引。《填詞名解》云：高平調曲。與《淒涼犯》別名《瑞鶴仙影》及《臨江仙》別名《瑞鶴仙令》皆無涉。

《玉照新志》云：美成以待製提舉南京鴻慶宮，自杭徙居睦州，夢中作《瑞鶴仙》一闋。既覺，猶能全記，了不詳其所謂也。未幾，遇方臘之亂，欲還杭州舊居，而道路吴戈已滿，僅得脱免。美成生平好作樂府，末年夢中得句，字字皆應，豈偶然哉？（節録）。

「帶」、「映」、「步」、「素」、「緩」、「動」、「又」、「洞」、「自」等字去聲。各家同，不可移易。南宋人多從此體，只「東風」句各家不同。「暮」字，一本作「著」，誤。各家俱不叶。後結，方和詞於「喜」字用平爲句，「光」字逗。「不」、「早」、「上」可平。

又一體百三字

周邦彦

暖烟籠細柳句弄萬縷千絲句年年春色韻晴風蕩無際句濃於酒句偏醉情人詞客叶闌干倚處句度花香豆微散酒力叶對重門半掩句黄昏淡月句院宇深寂叶　愁極叶因思前事句洞房佳宴句正值寒食叶尋芳遍賞句金谷裡句銅駝陌叶到而今句魚雁沉沉無信息叶天涯常是淚滴叶早歸來豆雲館深處句那人正憶叶

《清真集》不載。起句上二、下三字句。第四句「處」字、「賞」字，「館」字俱不叶韻。「魚雁」句七結字，句一三、兩四字，與前作異。前後次句平仄亦不同。「散」字、「宇」字用仄，與前首同。《詞律》謂有訛錯，大謬。「詞」字，《汲古》作「調」字，刻誤。

又一體百二字

殘秋有感　　趙長卿

敗荷擎沼面句紅葉舞林梢句光陰何速韻碧天淨如水句金風透簾幕句露清蟬伏叶追思往事句念當年豆悲傷宋玉叶漸危樓豆向晚魂銷句空倚遍闌干曲叶　凝目叶一霎微雨句塞鴻聲斷句酒病相續叶無情賞處句金井梧句東籬菊叶漸蘭橈歸去句銀蟾滿夜句水村烟渡怎宿叶負伊家萬愁千恨句甚時是足叶

字句與周第一首同，而平仄叶韻與周次首同。起二句上二、下三字，似對偶。九句不叶，與前皆異。「空」字《汲古》、《詞律》作「處」，誤。

又一體百一字　一名一捻紅

賦一捻紅牡丹　　紫姑

靚嬌紅細捻韻是西子當日句留心千葉叶西都競栽接叶好園林臺榭句何妨日涉叶輕羅慢褶叶費多少豆陽和調燮叶向晚來豆露浥芳苞句一點醉紅潮頰叶　雙靨叶姚黃國艷句魏紫天香句倚風羞怯叶雲鬟試插叶引動狂蜂蝶叶況東君開宴句賞心樂事句莫惜獻酬頻疊叶看相將豆紅藥翻階句

尚餘媵妾叶

《詞苑叢談》云：乾道五年，吴興周權選知衢州西安縣，招郡士沈延年爲館生。沈能邀紫姑神，談未來事多驗。尤善屬文，清新敏捷，出人意表。通判方粢宴客，就郡借妓。周適邀仙，因求賦一詞往侑席。借瓶内一捻紅牡丹令詠之，用捻字爲韻。既成，略不加點。又見《夷堅志》。前結一三、一四、一六字，與周作異。「引動」句五字，與各家異。辛棄疾一首同。「晚」字，《詞綜》作「曉」。

又一體百二字　　陸淞

臉霞紅印枕韻睡覺來句冠兒還是不整叶屏間麝煤冷叶但眉山壓翠句淚珠彈粉叶堂深晝永叶燕交飛豆風簾藻井叶恨無人豆説與相思句近日帶圍消盡叶　重省叶殘燈朱幌句淡月紗窗句那時風景叶陽臺路迥叶雲雨夢句便無準叶待歸來豆先指花梢教看句卻把心期細問叶問因循豆過了青春句怎生意穩叶

《草堂》爲歐陽修作，誤。

《耆舊續聞》云：南渡初，南班宗子寓居會稽，爲近屬士子最盛。園亭甲於浙東，一時坐客皆騷人墨士。陸子逸與焉。士有侍姬盼盼，色藝殊絶。公每屬意焉。一日宴客偶睡，不預捧觴之列。陸因問之，士即呼至，其枕痕猶在臉。公爲賦《瑞鶴仙》，此詞有「臉霞紅印枕」之句。一時盛傳，逮今爲雅唱。後盼盼亦歸陸氏。考子逸名淞，曾刺辰州。放翁之弟也。

起三句與周第一首同。後段第八句，句逗略異。「便無準」，《詞潔》作「便無憑準」多一字。兩「來」字，《本事詞》作

「時」，「山」字作「峰」，「因循」二字作「等閒」。「覺」字，《詞林紀事》作「起」，「藻」字作「露」，「恨」字作「悵」。「說與」二字倒。「迴」字作「遠」，失叶。

又一體百二字

壽細君　　趙彥端

記長亭折柳韻問畫堂樂事句燕鴻難偶叶十年慢回首叶但亭亭紫蓋句差差南斗叶傳聞小有叶種桃花豆親煩素手叶待歸來豆道骨仙風縹緲句迴然非舊叶　青畫叶江南如畫句紫菊冬前句翠橙霜後叶扁舟渡口叶佳客至句奉名酒叶喚青鸞起舞句雲窗月檻句一曲山明水秀叶笑相看玉海句別來淺如故否叶

前結一三、一六、一四字，與周作異。「長亭」二字，《汲古》作「河梁」，「待」字作「怪」。

又一體百二字　　毛開

柳風清晝溽韻山櫻晚句一樹高紅爭熟叶輕紗睡初足叶悄無人句欹枕虛檐鳴玉叶南園秉燭叶嘆流光豆容易過目叶送春歸去句有無數弄禽句滿徑新竹叶　閒記追歡尋勝句杏棟西廂句粉牆

南曲叶別長會促叶成何計句奈幽獨叶縱湘絃難寄句麟香終在句屏山蝶夢斷續叶對沿階細草句淒淒爲誰自綠叶

此與周第一首同。惟前結一四、一五、一四字句，與各家異。「爲」去聲。

又一體百字

離筵代意　洪瑹

聽梅花吹動句夜何其句明星有爛韻相看淚如霰叶問而今去也句何時會面叶匆匆聚散叶任分作豆秋鴻社燕叶最傷心豆夜來枕上句斷雲零雨無限叶　因念人生無事句回首悲涼句都成夢幻叶芳心繾綣叶空惆悵句巫陽館叶況船頭一轉句三千餘里句隱隱高城不見叶恨無情豆春水連天句片帆如箭叶

前段第二、三句，一三、一四字，比各家少二字。樓採一首與此同。《汲古》「夜何其」下有「涼」字，「任分」二字作「便恐」，「心」字作「情」，「無限」二字作「何限」，「如」字作「似」。

又一體百三字　張樞

捲簾人睡起韻放燕子歸來句商量春事叶芳菲又無幾叶減風光句都在賣花聲裡叶吟邊眼底叶被

嫩緑豆移紅換紫叶甚等閒豆半委東風句半委小橋流水叶　還是叶苔痕湔雨句竹影留雲句待晴猶未叶繁華迤邐叶西湖上句多少歌吹叶粉蝶兒句守定花心不去句閒了尋香兩翅叶那知人豆一點新愁句寸心萬里叶

張炎《詞源》云：先人曉暢音律，有《寄閒集》，旁綴音譜，刊行於世。每作一詞，必使歌者按之，稍有不協，隨即改正。曾賦《瑞鶴仙》一詞云云。此詞按之歌譜，聲字皆協。惟「撲」字稍不協，遂改爲「守」字乃協。始知雅詞協音，雖一字亦不放過。信乎協音之不易也。

「西湖」二句七字，與各家異。《詞律》謂多填一字，必係傳訛。一本刪去「上」字。愚按：紫姑詞既可作五字，周詞下句七字，各爲一體。張樞爲炎父，《詞源》所論詳審之至。音且必協，豈有多填之理。萬氏臆斷，往往類是。「芳菲」句，《詞綜》作「風光又能幾」。「減風光」，一作「減芳菲」。「被」字作「披」，「橋」字作「溪」。「繁華」句作「蘭舟靜艤」。「花心」二字作「落花」，「閒了」二字作「濕重」。想是初稿如此，今從《詞源》本。

又一體九十九字

贈道女陳華山內夫人　　吴文英

彩雲棲翡翠韻聽鳳笙吹下句飛軿天際叶晴霞剪輕袂叶淡春姿雪態句寒梅清泚叶東皇有意叶旋安排豆闌干十二叶早不知豆爲雨爲雲句盡日建章門閉叶　堪比叶紅綃纖素句紫燕輕盈句內家標致叶游仙舊事叶星斗下句夜香裡叶華峰紙屏橫幅句春色長供午睡叶更醉乘豆玉井秋風句採花弄水叶

「夜香裡」下比各家少三字，想是遺脫，姑存此體。

又一體百字

鄉城見月　　蔣捷

紺烟迷雁迹韻漸斷鼓零鐘句街喧初息叶風檠背寒壁叶放冰蜍飛到句絲絲簾隙叶瓊魂暗泣叶念鄉關豆霜蕪似織叶謾將身化鶴來句忘卻舊游端的叶　歡極叶蓬壺渠浸句花院梨溶句醉連春夕叶柯雲罷弈叶櫻桃在句夢難覓叶勸清光乍可句幽窗相伴句休照紅樓夜笛叶怕人間豆換譜伊涼句素娥未識叶

前結兩六字句，比各家少一字。

又一體百二字

括醉翁亭記　　黃庭堅

環滁皆山也句望蔚然深秀句瑯琊山也句山行六七里句有翼然泉上句醉翁亭也句翁之樂也句得之心豆寓之酒也句更野芳佳木句風高日出句景無窮也句　游也句山肴野蔌句酒洌泉香句沸觥

籌也句太守醉也句諠譁衆賓歡也句況宴歡之樂句非絲非竹句太守樂其樂也句問當時太守爲誰句醉翁是也句

《山谷詞》不載。

《風雅遺音》云：歐公知滁日，自號醉翁，因以名亭作記。山谷隱括其詞，合以聲律作《瑞鶴仙》云云。一記凡數百言，此詞備之矣。山谷其善隱括如此。

愚按：此福唐獨木橋體也，並爲隱括詩文之濫觴。但通首不押韻，於音律不協。如後蔣作及辛棄疾《水龍吟》皆用「些」字，於上一字皆押韻，方成詞調。方岳一首亦用「也」字，與洪作同。故僅録兩作附後，以備一格。「諠譁」句六字，不作兩三字句，與各家差異。

又一體百二字

壽東軒立冬前一日　　蔣　捷

玉霜生穗韻也句渺州雲翠痕句雁繩低換平叶也句曾簾四垂平叶也句錦堂寒句早近開鑪時平叶也句嬉平叶也香風遞仄叶也句是東籬豆花深處仄借叶也句料此花豆伴我仙翁句未肯放秋歸平叶也句句繒波穩舫句鏡月危樓句醽瓊酏平叶也句籠鸚睡也句紅妝旋舞衣平叶也句待紗燈客散句紗窗日上句便是嚴凝序仄借叶也句換青氈豆小帳圍春句又還醉仄叶也句

與趙體同，俱用「也」字住句，亦福唐體也。「也」字上一字俱押韻。凡七平叶，六仄叶。「處」、「序」二字是借叶。較黃作格律謹嚴，雖是戲筆，自諧音調。「日上」，一本作「月上」。

氏州第一 百二字　一名熙州摘遍

波落寒汀句村渡向晚句遥看數點帆小韻亂葉翻鴉句驚風破雁句天角孤雲縹緲叶官柳蕭疏句甚尚掛豆微微殘照叶景物關情句川途换目句頓來催老叶　漸解狂朋歡意少叶奈猶被豆思牽情繞叶座上琴心句機中錦字句覺最縈懷抱叶也知人豆懸望久句薔薇謝豆歸來一笑叶欲夢高唐句未成眠豆霜空已曉叶

《詞名集解》云：商調曲。唐樂府有《氏州歌第一》，蓋歌頭也。調名取此。《片玉詞》注：一名《熙州摘遍》，字句略異。

愚按：第一者，如《霓裳中序第一》也。摘遍者，如《薄媚摘遍》也。

方、陳皆有和詞，平仄如一，略有數字照注如下，餘不可易。「覺最」二字，一本作「最覺」。「破」可平。「狂」、「霜」可仄。「看」平聲。「思」去聲。

晝錦堂 百二字

閨情

雨洗桃花句風飄柳絮句日日飛滿雕檐韻懊恨一春幽怨句盡屬眉尖叶愁聞雙飛新燕語句更堪孤館宿醒忺叶雲鬟亂句獨步畫堂句輕風暗觸珠簾叶　多厭换仄叶晴晝永向瓊户悄句香消金獸慵

添平叶自與蕭郎別後句事事俱嫌平叶短歌新曲無心理句鳳簫龍管不曾拈平叶空惆悵句常是每年三月句病酒懨懨平叶

《九宫大成》入南詞仙吕宫正曲。「厭」字是以仄叶平，觀蔣捷作於此字用「上」字可知。惟吴、孫兩作用平叶。「晝」字，各家俱去聲，勿誤。「恢」字，集作「歡」，失韻。通首用閉口韻，宜學。「愁聞」句用拗體，可不拘。「恨」字，《汲古》作「惱」，「怨」字作「恨」，「館」字作「枕」，「語」字，一作「子」。方無和詞。「日」作平聲。

又一體百二字

有感　　吴文英

舞影燈前句簫聲酒外句獨鶴華表重歸韻舊雨殘雲猶在句門巷都非叶愁結春情迷醉眼句老憐秋鬢倚蛾眉叶難忘處豆猶恨綉籠句無端誤放鶯飛叶　當時豆征路遠句歡事差叶十年輕負心期叶楚夢秦樓句相遇共嘆相違叶淚香沾濕孤山雨句瘦腰折損六橋絲叶何時向豆窗下剪殘紅燭句夜杪參移叶

換頭二字用平叶韻，第三句亦叶。

又一體 百二字

孫惟信

薄袖禁寒句輕妝媚曉句落梅庭院春妍韻映户盈盈句回倩笑整花鈿叶柳裁雲剪腰支小句鳳盤鴉聳髻鬟偏叶東風裡句香步翠摇句藍橋那日因緣叶　嬋娟叶流慧盼句渾當了句匆匆密愛深憐叶夢過闌干句猶認冷月鞦韆叶杏梢空鬧相思眼句燕翎難繫斷腸箋叶銀屏下句争信有人真個句病也天天叶

前後段第四、五句，上四、下六字，與前異，可不拘。換頭第二字用平叶，與周異，與吴同。餘則字字相同。可見宋人亦無能出其範圍也。「禁」平聲。

又一體 百二字

荷花

蔣捷

染柳烟消句敲菰雨斷句歷歷猶記斜陽韻掩冉玉妃芳袂句擁出雲場叶倩他鴛鴦來寄語句駐君舴艋亦何妨叶漁瑯静句獨奏櫂歌句邀妃試酌清觴叶　湖上换仄叶雲漸暝句秋浩蕩仄叶鮮風支盡蟬糧平叶贈我非環非佩句萬斛生香平叶半蝸茅屋歸吹影句數螺苔石壓波光平叶鴛鴦笑句何似且留雙楫句翠隱紅藏平叶

後段起二字三句，皆換仄叶。

又一體百二字

北城韓園即事　陳允平

上苑寒收句西塍雨散句東風是處花柳韻步錦籠紗句依舊五陵臺沼叶綉簾珠箔金翠裊句鎖窗雕檻青紅鬥叶頻回首叶茶竈酒壚句前度幾番攜手叶　知否叶人漸老叶嗟眼爲花狂句肩爲詩瘦叶喚醒鄉心句無奈數聲啼鳥叶秉燭清游嫌夜短句採香心意輸年少叶歸來好叶且趁故園池閣句綠陰芳草叶

此用仄韻，句讀與孫作同。「柳」、「首」與「沼」、「鳥」并叶，閩音也，不可從。「裊」字非叶。「塍」字一本作「城」，「肩爲」二字，葉《譜》作「肩因」。

還京樂百三字

禁烟近句觸處浮香秀色相料理韻正泥花時候句奈何客裡句光陰虛費叶望箭波無際叶迎風漾日黃雲委叶任去遠豆中有萬點相思清淚叶　到長淮底叶過當時樓下句殷勤爲說句春來羈旅況

味叶堪嗟誤約乖期句向天涯豆自看桃李叶想如今豆應恨墨盈箋句愁妝照水叶怎得青鸞翼句飛歸教見憔悴叶

唐教坊曲名。《九宮大成》入南詞大石調正曲。

《唐書》云：明皇自潞州還京師，製《還京樂》曲。餘詳《夜半樂》下。

方、陳皆有和詞，平仄只易二字照注。許《譜》於次句「香」字斷句，非是。此九字句於「處」字略逗，與《荔枝香》前結句法同。「中有」下亦是八字句，於「有」字略逗，觀方和詞可知。「際」字，方用「醉」字叶，想此處非正韻也。凡詞皆四段，如七律首句用韻。每每和詩不用原韻，亦是此意。「長淮」二字相連，勿誤。「客」可平。「時」可仄。「泥」、「看」去聲。

又一體百三字

箏笙琵琶方響迭奏　　吴文英

宴蘭溆句促奏絲縈管裂飛繁響句似漢宮人去句夜深獨語句胡沙淒硬韻對雁斜玫柱句瓊瓊弄玉句臨秋影叶風吹遠豆河漢去槎句天風吹冷叶　汎清商句竟轉銅壺敲漏句瑶牀二八句青娥環珮再整叶菱歌四碧無聲句變須臾豆翠翳紅暝叶嘆梨園豆今調絕音稀句愁深未醒叶桂楫輕如翼句歸霞時點清鏡叶

「響」字、「柱」字不叶韻，與周異。「柱」字原可不叶，「響」字當起韻，定是訛誤。「瓊瓊」二字當是「飛瓊」之訛。「風吹」二字亦不應重用，恐誤。

綺寮怨百四字

上馬人扶殘醉句曉風吹未醒韻映水曲豆翠瓦朱檐句垂楊裡豆乍見津亭叶當時曾題敗壁句蛛絲罥豆淡墨苔暈青叶念去來豆歲月如流句徘徊久豆嘆息愁思盈叶　去去倦尋路程叶江陵舊事句何曾再問楊瓊叶舊曲淒清叶斂愁黛豆與誰聽叶樽前故人如在句想念我豆最關情叶何須渭城叶歌聲未盡處句先淚零叶

《填詞名解》云：中呂曲。戈載《翠薇花館詞》云：黄鐘羽一解。起調、畢曲皆用南吕，以羽聲生於南吕也。又名中吕調。

或於「徘徊久」下分段，誤。篇中用平去平者，亦不可移易。陳允平和詞，「程」、「清」、「城」三字不叶韻，《詞律》注叶，惜無方、楊和詞爲證。元人王學文有一首，不足爲據。《詞律》云：宋詞止此一首。竟未見陳與鞠花翁兩作。蓋當時《陽春白雪》、《日湖漁唱》等書尚未流傳也。「舊」可平。「思」去聲。

又一體百二字

陳允平

滿院荼蘼開盡句杜鵑啼夢醒韻記曉月豆綠水橋邊句東風又豆折柳旗亭叶蒙茸輕烟草色句疏簾淨豆亂織羅帶青叶對一樽別酒句征衫上豆點滴香淚盈叶　幾度恨沉斷雲句飛鸞何處句連環尚結雙瓊叶一曲琵琶句溢江上豆慣曾聽叶依依翠屏香冷句聽夜雨豆動離情叶春深小樓句無心封

錦瑟句空涕零叶

此和周韻。四聲悉合，獨於「别酒」下少二字，不得不另録。陳和周詞，每少一二字，不解何故。至周作换頭句，「程」字及「清」字、「城」字皆不叶。愚按：「清」、「城」二字本可不叶，是周偶合。「程」字不當失叶。

又一體百四字

題寫韻軒　　趙文

絳闕珠宫何處句碧梧雙鳳吟韻爲底事豆一落人間句輕題破豆隱韻天音叶當時點雲滴雨句匆匆處豆誤墨沾素襟叶算人間豆最苦多情句争知道豆天上情更深叶　世事似晴又陰叶羅襦甲帳句回頭一夢難尋叶虎嘯冪欲叶護遺跡豆尚如今叶斜陽落花流水句吹紫宇豆淡成林叶霜空月明句天風響環珮句飛翠禽叶

前結七句七字，比陳作多二字。後段四句叶韻，餘同。

又一體百三字

月下殘棋　　鞠花翁

又見花陰如水句兩心猶未平韻正坐久豆主客成三句空無語豆影落楸枰叶千年人間事業句垂成

處豆一着容易傾叶便解圍豆小住何妨句機鋒在豆瞬息天又明叶　甚似漢吴對營叶紛紛不了句孤光照徹連城叶又似殘星叶向零落句有餘情叶姮娥笑人遲暮句念才力句底便争叶從虧又成叶何人正聽隔壁聲叶

見《陽春白雪》。鞠花翁，吉水人，名未詳。結句七字，比周作少一字。

西河 百五字　一名西湖

長安道句瀟灑西風時起韻塵埃車馬晚游行句霸陵烟水叶亂鴉棲鳥夕陽中句參差霜樹相倚叶到此際豆愁如葦叶冷落關河千里叶追思唐漢昔繁華句斷碑殘記叶未央宫闕已成灰句終南依舊濃翠叶　對此景豆無恨愁思叶遶天涯豆秋蟾如水叶轉使客情如醉叶想當時豆萬古雄名句盡作往來人句淒涼事叶

《碧鷄漫志》云：大石調。西河慢聲犯正平，極奇古。《九宫大成》入南詞大石調正曲。許《譜》同。

張炎詞名《西湖》。

《碧鷄漫志》云：崔元範自越州幕府，拜侍御史，李訥尚書餞於鑒湖，命盛小叢歌，坐客各賦詩送之。有云：「爲公唱作西河調，日暮偏傷去住人。」

《西河》是曲部名，與《水調歌頭》、《水調》、《河傳》同類。《片玉詞》及《詞綜》皆分兩段，今從《花庵詞選》。

「如葦」，《詞律》云當作「似葦」是，然不能改。「際」字偶合非叶。此句方和詞作六字一句。「烟」、「唐」可仄。

又一體百五字

金陵懷古　周邦彦

佳麗地韻南朝盛事誰記叶山圍故國遶清江句髻鬟對起叶怒濤寂寞打孤城句風檣遥度天際叶斷崖樹豆猶倒倚叶莫愁艇子曾繫叶空餘舊跡鬱蒼苔句霧沉半壘叶夜深月過女牆來句傷心東望淮水叶　酒旗戲鼓甚處市叶想依稀豆王謝鄰里叶燕子不知何世叶向尋常巷陌句人家相對叶如説興亡斜陽裡叶

《花庵詞選》作三疊，《清真集》於「空餘舊跡」下分段，今從《花庵》。篇中諸去聲字及後起五仄，結尾四平，尤吃緊。後結句法不同，比前多一字。各家皆用此體，惟吴文英於「想依稀」作「殘寒褪」，「燕」字作「除」。「對」字，辛作及陳允平和詞皆不叶。二段起六字，楊、陳和詞作一句仄平平仄仄仄。方和詞亦作一句，與此平仄同。辛棄疾用「會君難，别君易」，平仄異。「市」字，《片玉詞》、《汲古》作「是」，方、楊、陳和詞皆作「市」。「傷心」二字，一本作「賞心」，誤。張炎作結處用仄仄平平平仄仄，稍異。「霧」可平。

又一體百十一字　劉一止

山驛晚句行人乍停征轡韻白沙翠竹鎖柴門句亂峰相倚叶一番急雨洗天回句埽雲風定還起叶斷岸樹句愁無際叶念凄斷句誰與寄叶雙魚尺素難委叶遥知洞户隔烟窗句簟横秋水叶淡花明玉

不勝寒句緑樽初試冰螘叶　小歡細酌任欹醉叶撲流螢豆應卜心事叶誰把天涯憔悴叶對金宵皓月句明河千里叶夢越空城疏烟裡叶

次段次句作兩三字句，多「雙魚」句六字，與各家異。餘同周第二首。

又一體百四字

感懷　　王埜

天下事韻問天怎忍如此叶陵圖誰把獻君王句結愁未已叶少豪氣概總成塵句空餘白骨黄葦叶千古恨句吾老矣叶東游曾弔淮水叶綉春臺上一回登句一回揾淚叶醉歸撫劍倚西風句江濤猶壯人意叶　只今袖手野色裡叶望長淮豆猶二千里叶縱有英心誰寄叶近新來句又報胡塵起叶絶域張騫歸來未叶

三段第四、五句，一三、一五字，比周作少一字。曹西士和韻一首同。

丹鳳吟百十四字

春恨

迤邐春光無賴句翠藻翻池句黄蜂游閣韻朝來風暴句飛絮亂投簾幕叶生憎暮景句倚牆臨岸句杏

靨夭斜句榆錢輕薄叶晝永惟思傍枕句睡起無聊句殘照猶在庭角叶　況是別離氣味句坐來但覺心緒惡叶痛飲澆愁酒句奈愁濃如酒句無計銷爍叶那堪昏暝句簌簌半檐花落叶弄粉調朱柔素手句問何時重握叶此時此意句生怕人道着叶

《九宮大成》入南詞中吕宮正曲，又入羽調引。一作越調。

此爲《丹鳳吟》正調，與張翥詞爲《孤鸞》之别名不同。吴文英詞名《丹鳳鳴》。

「坐」、「緒」、「計」、「道」四字去聲，勿誤。「但」字，葉《譜》作「便」，「半檐花」三字作「檐花半」，與方和詞不協。

「計」可平，「無」可仄。「别」作平聲。

蘭陵王百三十字　一名高冠軍

柳陰直韻烟縷絲絲弄碧叶隋堤上句曾見幾番句拂水飄緜送行色叶登臨望故國叶誰識叶京華倦客叶長亭路句年去歲來句應折柔條過千尺叶　閒尋舊蹤跡叶又酒趁哀絃句燈照離席叶梨花榆火催寒食叶愁一箭風快句半篙波暖句回頭迢遞便數驛叶望人在天北叶　淒惻叶恨堆積叶漸别浦縈迴句津堠岑寂叶斜陽冉冉春無極叶念月榭攜手句露橋聞笛叶沉思前事似夢裡豆淚暗滴叶

唐教坊曲名，謂之軟舞。《碧鷄漫志》云：今越調《蘭陵王》，凡三段二十四拍。或曰遺聲也。此曲聲犯正宮，管色用大凡字、大一字、勾字，故亦名大犯。又有大石調《蘭陵王慢》，殊非舊曲。周、齊之際，未有前後十六拍慢曲子耳。

《九宮大成》入南詞正宮正曲。

《南史》云：蘭陵王，名長恭，文襄第四子也。突厥入晉陽，王擊之。芒山之敗，王再入周軍，遂至金墉之下，被圍甚急。城上弩手救之，於是大捷。武士共歌謠之，爲《蘭陵王入陣曲》也。《歷代詩餘》云：周齊之間多用爲樂府，亦名《高冠軍》。餘詳周作《少年游》下。

《詞譜》謂創始於秦觀。今考此調，各本皆無秦作，想係傳訛。據《貴耳録》，自是周倚唐人舊調創爲新聲也。

此體各家皆如此填。「柳」、「弄」、「幾」、「故」、「倦」、「歲」、「過」、「照」、「舊」、「便」、「在」、「榭」、「夢」、「舊」等字，宜仄聲，勿誤。間有一二可平仄者。其去聲、上聲字不可易。只「尋」字，劉辰翁用仄叶，以「箭」字有用平者。「回頭」四字，張元幹用平仄平仄。「月榭」四字，有用仄平平仄者，亦有用平平仄仄者，不可從。「識」字是藏韻，方和詞亦叶，楊、陳和詞及高觀國、袁去華則不叶，高且用平。「席」字，高亦用平，不叶，是誤刻。「惻」字亦有不叶者，以叶爲是。「夢裡」二字，《汲古》作「夢魂裡」。「聞笛」，「聞」字，方和詞用「塞」字仄。「拂」、「酒」、「月」可平。「應」、「迢」、「津」、「沉」、「前」可仄。

又一體百三十字

丙子送春　　劉辰翁

送春去韻春去人間無路叶鞦韆外句芳草連天句誰遣風沙暗南浦叶依依甚意緒叶慢憶海門飛絮叶亂鴉過斗轉城荒句不見來時試燈處叶　春去叶最誰苦叶但箭雁沉邊句梁燕無主叶杜鵑聲裡長門暮叶想玉樹彫霜句淚盤如露叶咸陽送客屢回顧叶斜日未能渡叶　春去尚來否叶正

江令恨別句庾信愁賦叶蘇堤盡日風和雨叶嘆神游故國句花記前度叶人生流落句顧孺子句共夜語叶

次段第二字叶韻，其餘平仄微異。「亂」字一本作「饑」。「令」平聲。

瑞龍吟 百三十三字

章臺路韻還見褪粉梅梢句試華桃樹叶愔愔坊陌人家句定巢燕子句歸來舊處叶　黯凝佇叶因記個人痴小句乍窺門户叶侵晨淺約宮黄句障風映袖句盈盈笑語叶　前度叶劉郎重到句訪鄰尋里句同時歌舞叶惟有舊家秋娘句聲價如故叶吟箋賦筆句猶記燕臺句叶知誰伴豆名園露飲句東城閒步叶事與孤鴻去叶探春盡是句傷離意緒叶官柳低金縷叶歸騎晚豆纖纖池塘飛雨叶斷腸院落句一簾風絮叶

《花菴詞選》云：此調前兩段雙拽頭，屬正平調，後一段犯大石調。「歸騎晚」以下仍屬正平調。《九宮大成》入北詞平調隻曲。

一本於「聲價如故」分段，非。《歷代詩餘》云：此調或分三疊或分四段。若於「低金縷」爲第三段，合末段爲第四段，則爲四疊體。各本互異，今從三疊。

各家和詞皆平仄如一，間有一二差異者，照注不如從此詞爲妥。「舊」、「笑」、「舊」、「意」、「院」五字去聲，尤吃緊。

《詞律》既知爲此調鼻祖，當爲準繩，獨不録此詞，而以張翥詞爲式，亦奇。「度」字，各家不叶，可不拘。「因」字，一作「曾」，「宮黄」或作「宮妝」。「燕臺」二字作「蘭臺」，非。「陌」字，葉《譜》作「曲」，「記」字作「念」。「章」、

「猶」可仄。

又一體百三十四字

送梅津　　吴文英

黯分袖韻腸斷去水流萍句住船繫柳叶吴宮嬌月嬈花句醉題恨倚句蠻江荳蔻叶吐春綉叶筆底麗情多少句眼波眉岫叶新團鎖卻愁陰句露黄迷漫句委寒香半畝叶還背垂虹秋去句四橋烟雨句一宵歌酒叶猶憶翠微攜壺句烏帽風驟叶　西湖到日句重見梅鈿皺叶誰家聽豆琵琶未了句朝驄嘶漏叶印剖黄金籀叶待來共憑句齊雲話舊叶莫唱朱櫻口叶生怕遺棲前句行雲知後叶喚鴻悲角空教人瘦叶

分段與周作不同，當從周作。「背」字不叶韻，吴共二首皆然。「委寒香」五字，比周多一字。或「委」字當衍。

「嬌」字原作「曉」，《汲古》原注當作「嬌」，今改正。

又一體百三十五字

賦蓬萊閣　　吴文英

墮紅際韻層觀冷翠玲瓏句五雲飛起叶玉虬縈結城痕句淡烟半野句斜陽半市叶□瞰危梯句門巷

去來車馬句夢游宮蟻叶秦鬟古色凝愁句鏡中暗換句明眸皓齒叶　東海青桑生處句勁風吹淺句瀛洲清泚叶山影泛出句碧樹人世叶旗槍芽焙緑句曾試雲根味叶岩流濺涎香句怕攪驕龍春睡叶露草啼清淚叶酒香斷豆文丘廢隧叶今古秋聲裡叶情謾黯豆寒鴉孤村流水叶半空裡叶畫角落月地叶

後段句法與周作迥異。「梯」字用平，不叶韻。「山影」二句，兩四字，比前作少二字。「旗槍」句五字，多一字。「酒香」句七字，少一字。結句一三、一五字，多叶一韻，與前異。此見《丁稿》，恐有訛脱。

又一體百三十二字

翁元龍

清明近韻還是遞遭東風句做成花信叶芳時一刻千金句半晴半雨句酹春未準叶□雁横陣叶數字向人慵寫句暗雲難認叶西園猛憶逢迎句翠紈障面句花間笑隱叶　曲徑池連平砌句絳裙曾與句濯香湔粉叶無奈燕幕鶯簾句輕負嬌俊叶春榆巷陌句馬蹋紅成寸叶十年夢豆鞦韆弔影叶襪羅塵褪叶事往憑誰問叶晝長病酒句添新恨叶烟冷斜陽暝叶山黛遠豆曲曲闌干憑損叶柳絲萬尺半堤風緊叶

「晝長病酒」句七字，比周作少一字。「曲曲」作平平。

大酺 百三十三字

春雨　　周邦彥

對宿烟收句春禽静句飛雨時鳴高屋韻牆頭青玉旆句洗鉛霜都盡句嫩梢相觸叶潤逼琴絲句寒侵枕障句蟲網吹黏簾竹叶郵亭無人處句聽檐聲不斷句困眠初熟叶奈愁極頻驚句夢輕難記句自憐幽獨叶　行人歸意速叶最先念豆流潦妨車轂叶怎奈向豆蘭成憔悴句衛玠清羸句等閒時豆易傷心目叶未怪平陽客句雙淚落豆笛中哀曲叶況蕭索豆青蕪國叶紅糝鋪地句門外荆桃如菽叶夜游共誰秉燭叶

唐教坊曲名。唐樂府皆名《大酺樂》。《羯鼓録》有太簇商《大酺樂》。《樂苑》云：商調曲，唐張文收造。愚按：太簇商，即俗名中管高大石調。

《樂府雜録》云：明皇一日賜大酺於勤政樓，觀者數千萬衆，喧譁聚語，莫辨魚龍百戲之音。上怒，欲罷宴，中官高力士奏請命宫人張永新出樓歌一曲，必可止喧。上從之。永新乃撩鬢舉袂，直奏曼聲。至是廣場寂寂，若無一人。《汲古》爲吴文英作，誤。篇中平仄，一字不可移易。方、楊、陳和詞皆同，吴文英又一首亦然。「郵亭無人」四平，「意」、「糝」、「秉」三字仄，尤吃緊。只趙以夫一首於「潦」字用平，勿從。周密於「流」字用仄，劉辰翁於「鳴」字用仄。「青玉」二字，「歸意」二字，「妨車」二字，「平陽」二字，俱用仄平。「蘭成」二字或作「蘭臺」，非。「何」字，《汲古》作「向」，缺「怎」字、「游」字。「衛玠」作「樂廣」，今從《詞譜》。「枕」、「自」、「衛」、「易」、「夜」可平。「時」、「鳴」、「鉛」、「相」、「吹」、「無」、「檐」、「行」、「憔」、「心」、「紅」、「鋪」、「門」、「荆」可仄。「不」作平聲。

六醜百四十字

薔薇謝後作

正單衣試酒句恨客裡豆光陰虛擲韻願春暫留句春歸如過翼叶一去無迹叶爲問花何在句夜來風雨句葬楚宮傾國叶釵鈿墮處遺香澤叶亂點桃蹊句輕翻柳陌叶多情更誰追惜叶但蜂媒蝶使句時叩窗隔叶　東園岑寂叶漸蒙籠暗碧叶静遶珍叢底句成嘆息叶長條故惹行客叶似牽衣待話句别情無極叶殘英小句強簪巾幘叶終不似豆一朵釵頭顫裊句向人欹側叶漂流處豆莫趁潮汐叶恐斷鴻豆尚有相思字句何由見得叶

《浩然齋雅談》云：進朝廷賜酺，師師又歌《大酺》、《六醜》二解。上顧教坊使袁綯，問綯曰：「此起居舍人新知潞州周邦彦作也。」問六醜之義，莫能對。召邦問之，對曰：「此犯六調，皆聲之美者，然絶難歌。」上喜。

此調名《六醜》，是合六調而成。舊説明楊慎以其名不雅，改名《個儂》。不知廖瑩中有《個儂》一調，與此迥别。是宋末已有此名，楊慎襲之也。餘詳《個儂》下。

《陽春白雪》原題《落花》，「暫」、「過」、「去」、「柳」、「叩」、「暗」、「嘆」、「惹」、「趁」、「斷」、「見」諸去聲字最吃緊，不可因楊慎詞而誤也。楊詞和周韻，分句錯誤，不可從。《汲古》、《詞綜》於「岑寂」上分段，方千里和詞亦然。「底」字，各本作「底」，《詞律》作「底」，五字句。方、楊、陳和詞同是五字，宜從《詞律》。只後吳作兩四字句，與此異。「鴻尚」二字或作「紅上」，誤。「恨」字，葉《譜》作「悵」、「碧」字作「密」，誤。「岑」可仄。「鈿」平聲。「莫」作平聲。

又一體百四十字

壬寅歲吴門元夕風雨　　吴文英

漸新鵝映柳句茂苑鎖豆東風初掣韻館娃舊游句羅襦香未滅叶玉夜花節叶記向留連處句看街臨晚句放小簾低揭叶星河瀲灧句春雲熱叶笑靨欹梅句仙衣舞纈叶澄澄素娥宫闕叶醉西樓十二句銅漏催徹叶　紅綃翠歛叶嘆霜簪練髮句過眼年光句舊情盡別叶泥深厭聽啼鴂叶恨愁霏潤沁句陌頭塵襪叶青鸞杳豆鈿車音絶叶郤因甚豆不把歡期句付與少年花月叶殘梅瘦豆飛趁風雪叶丙夜永豆更説長安夢句燈花正結叶

通篇平仄俱同。惟「遇眼」八字作兩四字句，「不把歡期」二句作一四、一六字，與周微異。元人詹正一首與此同。

又一體百四十字

楊花　　彭元遜

似東風老大句那復有豆當時風氣韻有恨難收句江山身似寄叶浩蕩何世叶但憶臨官道句暫來不住句便出門千里叶痴心指望迴風墜叶扇底相逢句釵頭微綴叶他家萬條千縷句解遮亭障驛句不隔江水叶　瓜洲曾艤叶等行人歲歲句日下長秋句城烏夜起叶帳廬好黏春睡叶共飛歸湖上句

草青無地叶愔愔雨豆春心如膩叶欲待化豆豐樂樓前句帳飲青門都廢叶何人念流落無幾叶點點搏作句雪綿鬆潤句爲君浥淚叶

後結三句各四字，與周、吴作異。後段三、四句各四字，與吴同。「有恨難收」，一本作「有情不在」，或作「有情不定」，平仄俱異。「黏」字一作「在」，當用仄。「無幾點點」四字作「無際幾點」。

憶舊游 百二字

記愁橫淺黛句淚洗紅鉛句門掩秋宵韻墜葉驚離思句聽寒螿夜泣句亂雨蕭蕭叶鳳釵半脱雲鬢句窗影燭光搖叶漸暗竹敲涼句疏螢照曉句兩地魂消叶　迢迢叶問音信豆道徑底花陰句時認鳴鑣叶也擬臨朱户句嘆因郎憔悴句羞見郎招叶舊巢更有新燕句楊柳拂河橋叶但滿眼京塵句東風竟日吹露桃叶

《清真集》不載。各家俱用此體。

前後第五句是一領四句法屬下，與上句句法不同。「鳳」、「半」、「鬢」、「舊」、「更」、「燕」六字必去聲。「脱」、「有」二字，間有用平者。結句平平去仄平去平，各家皆然，均勿誤。「螿」字，葉《譜》作「蛩」，「花」字作「光」。「淚」、「墜」、「夜」、「暗」、「照」、「兩」、「徑」可平。「門」、「時」、「楊」可仄。「思」去聲。

又一體 百一字

别黄淡翁　　吴文英

送人猶未苦句苦送春句隨人去天涯韻片紅都飛盡句陰陰潤緑句暗裡啼鴉叶賦情頓雪雙鬢句飛夢逐塵沙叶嘆病渴淒涼句分香瘦減句兩地看花叶　西湖斷橋路句想繫馬垂楊句依舊欹斜叶葵麥迷烟處句問離巢孤燕句飛過誰家叶故人爲寫深怨句空壁掃秋蛇叶但醉上吴臺句殘陽草色歸思賒叶

前起句，用上二、下三字句。次三句，一三、一五字，原可一氣貫下。五句四字，少一字，必是脱落，不必從。後起第二字不叶韻。餘同。「思」去聲。

又一體 百四字

寄王聖與　　周密

記移燈剪雨句換火篝香句去歲今朝韻乍見翻疑夢句更梅邊攜手句笑挽吟橈叶依依故人情味句歌舞試春嬌叶對婉婉年芳句飄零身世句樽酒趁愁消叶　天涯未歸客句望錦羽沉沉句翠水迢迢叶嘆菊荒薇老句負故人猿鶴句舊隱難招叶疏花漫撩愁思句無句到寒梢叶但夢繞西泠句空江

冷月句魂斷隨潮叶

換頭亦不叶韻。前結句五字，後結句八字，比各家各多一字。《笛譜》、《草窗》皆無，自是另格。周別作，前結作「別鳳引離鴻」，後結作「江上孤峰」，與此同。一本去「引」字、「孤」字，何必牽合。「故人情味」，「人」字不宜用平，後同。「難」字，《草窗》作「誰」。「思」去聲。

又一體百三字　　劉將孫

同宋梅洞、滕玉霄、周秋陽、蕭高峰邂逅古洪，流連數日，以重與細論文爲韻，題樟鎮華光閣志別，分韻得論字。

正落花時節句憔悴東風句綠滿愁痕韻悄客夢豆驚呼伴侶句斷鴻有約句回泊歸雲叶江空共道惆悵句夜雨隔篷聞叶儘世外縱橫句人間恩怨句細酌重論叶　嘆他鄉異縣句渺舊雨新知句歷落情真叶匆匆那忍別句料當君思我句我亦思君叶人生自非麋鹿句無計久同群叶此去重消魂叶黃昏細雨人閉門叶

前段第四句七字，恐誤多。此調不應前後參差。換頭句與起句句法同，不叶。後結「魂」字或偶合，諸家皆不叶。此調雖列四體，當從周爲妥。

雙頭蓮百三字

一抹殘霞句幾行新雁句天染斷紅句雲迷陣影句隱約望中句點破晚空澄碧韻助秋色叶門掩西風句橋橫斜照句青翼未來句濃塵自起句咫尺鳳幃句合有人相識叶　嘆乖隔叶知甚時恣與句同攜歡適叶度曲傳觴句并韉飛轡句綺陌畫堂連夕叶樓頭千里句帳底三更句盡堪淚滴叶怎生向豆總無聊句但只聽消息叶

此與《雙頭蓮令》、《雙瑞蓮》皆不同，故分列。《清真集》不載。凡詞，小令四韻，餘非正叶。名家和詞每不叶，所謂四犯是也。長調加一疊八韻，所謂八犯是也。此調第三句、九句當叶韻，斷無前段只叶三韻體格。且「助秋色」三字與下文不貫，明係顛倒錯亂於其間。惜無方、楊和詞可證，姑仍舊譜。

又一體百字

無名氏

觸目庭臺句當歲晚凋殘句恁時方見韻瓊英細蕊句似美玉豆碾就輕冰裁剪叶暗想蜂蝶不知句有清香爲援叶深疑是句傅粉酡顔句何殊壽陽妝面叶　惟恐易落難留句仗何人豆巧把名詞褒羨叶狂風橫雨句枉墜落豆細蕊紛紛千片叶異日結實成陰句託稱殊非淺叶調鼎鼐句試作和羹句佳名方顯叶

見《梅苑》與周作迥異。

又一體百字

呈范至能待製　　陸游

華鬢星星句驚壯志成虛句此身如寄韻蕭條病驥叶向暗裡豆消盡當年豪氣叶夢斷故國山川句隔重重烟水叶身萬里叶舊社凋零句青門俊游誰記叶　盡道錦里繁華句嘆官閒晝永句柴荊添睡叶清愁自醉叶念此際豆付與何人心事叶縱有楚柁吳檣句知何時東逝叶空悵望豆鱠美菰香句秋風又起叶

此與《梅苑》作合，整齊可從。前後段第四句、前段八句皆叶韻略異。《詞律訂》云：「里」字、「際」字是句中韻。陸別作不叶。「鱠」字，葉《譜》作「鱸」。

又一體九十八字

陸游

風捲征塵句堪嘆處句青驄正搖金轡韻客襟貯淚叶謾萬點豆如血憑誰持寄叶佇想艷態幽情句壓江南佳麗叶春正媚叶怎忍長亭句匆匆頓分連理叶　目斷淡日平蕪句烟濃樹遠句微茫如薺叶

悲歡夢裡叶奈倦客豆又是關河千里叶最苦唱徹驪歌句遲留無計叶何限事叶待與叮嚀句行時已醉叶

前起次三句，一三、一六字，後段次句、七句各四字，比前作各少一字。《汲古》空一格，應有缺字。「媚」字、「事」字亦叶，與前異。

鈿帶長中腔六十七字

萬俟詠

鈿帶長韻簇真香叶似風前豆坼麝囊叶嫩紫輕紅句間鬥異芳叶風流富貴句自覺蘭蕙荒叶獨佔蕊珠春光叶　綉結流蘇密緻句魂夢悠颺叶氣融液豆散滿洞房叶朝寒料峭句殢嬌不易當叶著意要得韓郎叶

以下俱見《大聲集》。此調詠鈿帶香囊本意，即以起句爲名。《花草粹編》缺首三字，誤。《詞律》未收。「間鬥異芳」，「散滿洞房」，用去仄去平。「蘭蕙荒」，「(不作平）易當」用平去平。「珠」字、「得（作平）」字用平聲，宜從。一本「得」作「待」，誤，「蕙」字作「麝」，亦非。「不」、「得」作平。

快活年近拍七十九字

千秋萬歲君句五帝三王世韻觀風重令節句與民樂盛際叶蕊闕長春句洞天不老句花艷蟾輝句十

里照春珠翠叶　闈羅綺遥望太極光句一簇通明裡叶鈞臺奏壽曲句蓬山呈妙戲叶天上人來句五雲樓近句風送歌聲句依約睿思新製叶

金詞注黃鐘宮，《太和正音譜》注雙調，《九宮大成》入北詞雙角隻曲，又入黃鐘調隻曲。

此調只此一首，無他作可證，平仄悉宜從之。

卓牌子慢　九十七字　或無慢字

東風緑楊天句如畫出豆清明院宇韻玉艷淡泊句梨花帶月句胭脂零落句海棠經雨叶單衣怯黃昏句人正在珠簾笑語叶相並戲蹴鞦韆句共攜手豆同倚闌干句暗香時度叶　翠窗綉户叶路繚繞豆潛通幽處叶斷魂凝佇叶嗟不似飛絮叶閒悶閒愁句難消遣豆此日年年意緒叶無據叶奈酒醒春去叶

《花菴詞選》云：五十六字者，始自楊无咎。九十七字者，始自萬俟詠。

《詞律訂》於「經雨」分段，作三疊。

「泊」字，葉《譜》作「薄」，「綺」字作「憑」。

卓牌兒九十三字　　趙與仁

當年早梅芳句曾邂逅豆飛瓊侶韻肌雲瑩玉句顏開嫩桃句腰枝輕裊句未勝金縷叶佯羞整雲鬟句頻

向人豆嬌波寄語叶湘佩笑解韓香句暗傳幽歡叶後期難訴叶　夢魂頓阻叶似一枕豆高唐雲雨叶蕙心蘭態句知何計重遇叶試問春蠶句絲多少豆未抵離愁半縷叶凝佇叶望鳳樓何處叶

「飛瓊侶」，比前作少一字。「韓香」下少三字，且重叶，「縷」字，恐有脫誤。姑録之。

芰荷香 九十八字

小瀟湘韻正天影倒碧句波面容光叶水仙朝罷句間列緑蓋紅幢叶和風細雨句蕩十頃豆浥浥清香叶人在水晶中央叶霜綃霧縠叶襟袂先涼叶　款放輕舟鬧紅裡句有蜻蜓點水句交頸鴛鴦叶翠陰密處句曾覓相並青房叶晚霞散綺句泛遠淨豆一葉鳴榔叶擬去儘促瑚觴叶歌雲未斷句月上飛梁叶

金詞注雙調，《九宮大成》入南詞小石調正曲，又入北詞雙角隻曲。

詞詠本意，自是創製。「和風」二字，《詞譜》作「風吹」，「先」字，葉《譜》作「收」。

又一體 九十八字

席上用韻送程德遠罷金谿　趙長端

燕初歸韻正春陰暗淡句客意悽迷叶玉觴無味句晚花雨褪凝脂叶多情細柳句對沈腰豆渾不勝衣叶

垂別袖豆忍見離披叶江南陌上句強半紅飛叶　樂事從今一夢句縱錦囊空在句金椀誰揮叶舞裙歌扇句故應閒鎖幽閨叶練江詩就句算艤舟豆寧不相思叶腸斷莫訴離杯叶青雲路穩句白首心期叶

許氏《詞譜》入南詞小石調。

前段第八句七字，比前作多一字。許《譜》無「袖」字，後起六字，比前少一字。《詞律》謂「腸斷」下少一仄聲字，作者宜照前填。誤。蓋未見萬俟作前後俱用六字句也。且上已用七字句，此處句調犯重，當以六字爲是。然玩詞意又不可少。

春草碧 九十八字

又隨芳渚生句看翠連霽空句愁遍征路叶東風裡豆誰望斷西塞句根迷南浦叶天涯地角句意不盡豆消沉萬古叶曾是送別句長亭下句細綠暗烟雨叶　何處叶亂紅鋪繡裀句有醉眠蕩子句拾翠游女叶王孫遠句柳外共殘照句斷魂無語叶池塘夢生句謝公後豆還能繼否叶獨上畫樓句春山暝豆雁飛去叶

《大聲集》自注中管高宮。愚按：《唐書·禮樂志》有中管之名，不詳其義。宋仁宗《樂髓新經》云：大呂宮爲高宮，太簇宮爲中管高宮。蓋以太簇宮與大呂宮同字譜，故謂之中管也。俗譜以中管高爲別名，誤。《白石詞》有太簇宮《喜遷鶯》，自注俗呼中管高宮，可證也。

此與李獻能之《春草碧》爲《番槍子》之別名不同，故分列。舊説始於吳激作大曲也。然吳本宋人，與萬俟同時，後仕於金，詞無可考。
「編」、「斷」、「寒」、「送」、「暗」、「翠」、「共」、「照」、「畫」、「雁」等字必去聲，勿誤。《詞律》謂「角」字、「別」字以入作平，是極，不知「拾」字亦以入作平也。「生」字一作「坐」，連下句讀，誤。今從《詞譜》。「編」字，葉《譜》作「滿」。「魂」字，一作「雲」。「角」、「拾」作平。

戀芳春慢 百二字

蜂蕊分香句燕泥破潤句暫寒天氣清新韻帝里繁華句昨夜細雨初勻叶萬品花藏西苑句望一帶豆柳接重津叶寒食近句蹴踘鞦韆句又是無限游人叶　紅妝趁戲句綺羅夾道句青簾賣酒句臺樹侵雲叶處處笙歌句不負治世良辰叶共見西城路好句翠華定豆將出嚴宸叶誰知道句人主祈祥句爲民非事行春叶

《九宮大成》入南詞南呂宮引。
《大聲集》自注云：寒食前進，故以《戀芳春》爲名也。崇寧中，詠充大晟樂府製撰。依月用律製詞，多應製之作，此其一也。別本作晁端禮，誤。
此調與《萬年歡》字句相同，《詞律》未收，不知是一調否。「西苑」，《詞譜》作「四苑」。「人主」一作「仁主」，今從《歷代詩餘》。「爲」去聲。

安平樂慢百三字

都門池苑應製

瑞日初遲句緒風乍暖句千花百草争香韻瑶池路穩句閬苑春深句雲樹水殿相望叶柳曲沙平句看塵隨青蓋句絮惹紅妝叶賣酒緑陰旁叶無人不醉春光叶　有十里笙歌句萬家羅綺句身世疑在仙鄉叶行樂知無禁句五侯半隱少年場叶舞妙歌妍句空妬得豆鶯嬌燕忙叶念芳菲豆都來幾日句不堪風雨疏狂叶

周密南渡典儀賜筵樂次第盞奏《安平樂》。

此調《詞律》不收，平仄不可移易。

別瑶姬慢百五字

可惜香紅韻又一番驟雨句幾陣狂風叶霎時留不住句便夜來和月句飛過簾櫳叶離愁未了句酒病相仍句更堪此恨中叶片片隨流水句斜陽去豆各自西東叶　又還是豆九十春光句誤雙飛戲蝶句並採游蜂叶人生能幾許句細算來何物句得似情濃叶沈腰暗減句潘鬢先秋句寸心不易供叶望暮雲句千里沉沉障翠峰叶

此調《詞律》未收。「不」字入作平，「此」字上作平。「障翠」二字去聲。觀後蔡作可證。

又一體百五字

南徐連滄觀賞月　　蔡伸

微雨初晴韻洗瑤空萬里句月掛冰輪叶廣寒宮闕迥句望素娥縹緲句丹桂亭亭叶金盤露冷句玉樹風輕叶頓覺秋思清叶念去年豆曾共吹簫侶句同賞蓬瀛叶　奈此夜豆旅泊江城叶漫花光眩目句緑酒如澠叶幽懷終有恨句怕綺窗清影句虛照娉婷叶藍橋路杳句楚館雲深叶擬憑歸夢尋叶強就枕豆無奈孤衾夢易驚叶

前後段第八句叶韻。前結一三、一五、一四字，與前異。「深」、「尋」二字閉口韻，雜入庚青，不可從。《汲古》、《詞律》列《憶瑤姬》內，又缺「迥」、「頓」、「路」三字，大誤。今從《歷代詩餘》訂正。「頓」字，葉《譜》作「倍」，「怕綺窗」，《汲古》作「恨綺窗」，「尋」字作「去」。「思」去聲。

憶瑤姬百九字

史達祖

嬌月籠烟句下楚嶺句香分兩朶湘雲韻花房時漸密句弄杏箋初會句歌裡殷勤叶沉沉夜久西窗句

屢隔蘭燈幔影昏叶自綵鸞豆飛入芳巢句綉屏羅薦粉光新叶　十年未始輕分叶念此飛花句可憐柔脆銷春叶空餘雙淚眼句到舊家時節句謾染愁巾叶神仙說道淩虛句一夜相思玉樣人叶但起來豆梅發窗前句哽咽疑是君叶

《汲古》注：騎省之悼也。

此與曹組《憶瑤姬》字句全殊，平仄韻異。與《別瑤姬慢》大略相同。惟前後段第七、八句，句法異而字數同。兩結各多二字，換頭句少一字，二、三句多一字。實是一調異名，故附列。

「嶺」字，《汲古》、《詞律》作「領」，「時」字在「密」字下，「節」字作「郎」，「神仙」二字作「袖止」，大誤，今從《七家詞選》改正。「香」字，葉《譜》作「春」，「裡」字作「袖」。

三臺 百七十一字

見梨花初帶夜月句海棠半含朝雨韻內苑春豆不禁過青門句御溝漲豆潛通南浦叶東風靜豆細柳垂金縷叶望鳳闕豆非烟非霧叶好時代豆朝野多歡句遍九陌豆太平簫鼓叶　乍鶯兒百囀斷續句燕子飛來飛去叶近綠水豆臺榭映鞦韆句鬥草聚豆雙雙游女叶餳香更豆酒冷踏青路叶會暗識豆夭桃朱戶叶向晚驟豆寶馬雕鞍句醉襟惹豆亂花飛絮叶　正輕寒輕暖漏永句半陰半晴雲暮叶禁火天豆已是試新妝句歲華到豆三分佳處叶清明看豆漢宮傳蠟炬句散翠烟豆飛入槐府叶斂兵衛豆閶闔門開句任傳宣豆又還休務叶

唐教坊曲名。

《古今詞話》云：萬俟雅言自號詞隱，崇寧中，充大成府製撰，與晁次膺按月律進詞。其清明應製一首尤佳。舊刻分兩段，宜從《詞律》作三段爲是。所注入作平、上作平，皆以三段比較，但不可用去聲字。「夜月」，葉「譜」作「淡月」，「漏」字作「晝」。「漢宮傳蠟」四字，《詞律》作「漢蠟傳宮」，寫誤。「禁」去聲。「踏」、「入」作平。

探春 百二字

田不伐

小雨分山句斷雲鏤日句丹青難狀清曉韻柳眼窺晴句梅妝迎暖句林外幽禽啼早叶烟徑潤如酥句正濃淡豆遥看堤草叶望中新景無窮句最是一年春好叶　驕馬黃金絡腦叶争探得東君句何處先到叶萬瓊飛觴句千金倚玉句不肯輕辜年少叶桃李怯殘寒句半吐芳心猶小叶謾教蜂蝶多情句未應知道叶

此與《探春令》無涉。或加「慢」字，不知何人創始，以此爲最先，說詳《探春令》下。「小」、「狀」、「倚」、「不」、「怯」、「謾」、「未」可平。「丹」、「青」、「林」、「啼」、「酥」、「濃」、「遥」、「寒」、「芳」、「應」可仄。

又一體 百三字

趙以夫

南國收寒句東郊放暖句條風初回臺榭韻小燕横釵句鬧蛾低鬢句眼底吴娃妖冶叶纖手傳生菜句

向人道豆新春來也叶莫惜沉醉樽前句這些風景無價叶　長恨年年此日句迎着個牛兒句綵鞭羞打叶颭颭金幡句星星華髮句得似家山閒暇叶都把心期事句待問訊豆柳邊花下叶簫鼓聲中句溫存小樓深夜叶

《詞譜》注小石調。

換頭句不叶韻。「待問訊」句七字，比田作多一字，與前段同，自是田作脫一字也。惟後結一四、一六字，可不拘。前後段第三、七、十句，平仄與前異。各家俱從此體。前第三句，姜夔、陳允平用平平平仄平仄，兩七句，姜同趙作，陳與周密同。田作前結句，姜夔、張炎用平（仄）平平仄平仄，陳、周同田作。後段三句，姜同田作，結句姜同。前結換頭句，或叶或不叶，想可不拘。「惜」作平。

又一體百三字

修門度歲和友人韻　周密

綵勝宜春句翠盤消夜句客裡暗驚時候韻剪燕心情句呼盧笑語句景物總成懷舊叶愁鬢妬垂楊句怪稚眼漸濃如豆叶儘教寬盡春衫句畢竟爲誰消瘦叶　梅浪半空如綉叶便管領芳菲句忍孤詩酒叶映竹占花句臨窗卜鏡句還念嫩寒宮袖叶簫鼓動春城句競點綴豆玉梅金柳叶廝勾元宵句燈前共誰攜手叶

此與趙作同，只換頭句叶韻，與田作同，宋人多從此體。「笑」字，《草窗詞》作「音」，「怪」字作「早」，「嫩」字作「歲」。「稚」字一作「青」，「前」字作「市」，今從「笛譜」。

又一體九十三字

龜翁下世後登研意　吴文英

苔徑曲深深句不見故人句輕敲幽户韻細草春回句目送流光一羽叶重雲冷豆哀雁斷句翠微空豆愁蝶舞叶逞鳴鞭句游蓬小夢句枕殘鶯寤叶　還識西湖醉路叶向柳下並鞍句銀袍吹絮叶事影難追句那負燈牀夜雨叶冰溪憑誰照影句有明月豆乘興去叶暗相思句梅孤瘦句共江亭暮叶

此與各家迥不相侔，恐是别調，誤寫調名，故列後。「夜」字，《汲古》作「聞」。

惜黄花慢百八字

雁空浮碧句印曉月句露洗重陽天氣韻望極樓外叶淡烟半隔疏林句掩映斷橋流水叶黄金籬畔白衣人句更誰會豆淵明深意叶晚風低落日句亂鴻飛起無際叶　情多對景凄涼句念舊賞豆步屧登高迢遞叶興滿東山句共攜素手持杯勸句泛玉漿雲蕊叶此時霜鬢欲歸心句謾老盡豆悲秋情味叶向醉裡叶免得又成憔悴叶

《九宫大成》入南詞仙吕宫正曲。

見《樂府雅詞》，詠本意爲名，與《惜黄花》小令無涉，宜另列。

「起」字、「又」字宜仄聲，勿誤。

又一體百七字

楊无咎

霽空如水韻襯落木墜紅句遥山堆翠叶獨立閒階句數聲蟬度風前句幾點雁橫雲際叶已涼天氣未寒時句問好處豆一年誰記叶笑聲裡叶摘得半釵叶金蕊來至叶　橫斜爲插烏紗句更揉碎叶泛入金樽瓊蟻叶滿酌霞觴句願教人壽百千句可奈此時情味叶牛山何必獨沾衣句對佳節豆惟應歡醉叶看睡起叶曉蝶也愁花悴叶

亦詠本意。起句叶韻。前段次三句，一五、一四，守對偶，前結一三、兩四字，多叶一韻。後段次句亦叶，五六句各六字，與田作異。「獨立閒階」，階字平不叶，與各家異。後次句《詞律》於「入」字句，「落」字、「入」字注作平，皆誤。觀田、趙二詞可知，皆考證不精故耳。「人」字上加一□，據《詞律訂》增「教」字。

又一體百八字

菊

趙以夫

衆芳凋謝韻堪愛處句老圃寒花幽野叶照眼如畫叶爛然滿地金錢句買斷金天無價叶古香逸韻似高人句更野服豆黃冠瀟灑叶向霜夜叶冷笑暖香句桃李妖冶叶　襟期問與誰同句記往昔豆獨自

徘徊籬下叶采采盈把叶此時一段風流句賴得白衣陶寫叶而今爲米負初心句且細摘豆輕浮三雅叶沈醉也叶夢落故園茅舍叶

前起同田作，前結後段五六句，俱同楊作。「畫」、「把」二字叶韻，與前異。「高」字，葉《譜》作「幽」，「香」字作「春」，「襟」字作「心」，誤。

又一體百七字

賦菊　　吴文英

粉靨金裳韻映綉屏句認得舊日蕭娘叶翠微高處句故人帽底句一年最好句偏是重陽叶避春只怕春不遠句傍幽逕豆偷理秋妝叶殢醉鄉叶寸心似剪句漂蕩愁觴叶　潮腮笑入清霜叶鬥萬花樣巧句深染蜂黄叶露痕千點句自憐舊色句寒泉半掬句百感幽香叶雁聲不到東籬畔句滿城但豆風雨淒涼叶最斷腸叶夜深怨蝶飛狂叶

此用平韻，前後第五、六、七句，改用四字句微異。「認」、「醉」、「似」、「蕩」、「樣」、「斷」等字，去聲必不可易，其別作亦然，餘平仄照注。「腮」字作「臉」，誤，今從《汲古》。「只」可平。「偏」可仄。

江神子慢百十字　神一作城

玉臺掛秋月韻鉛素淺豆梅花傳香雪叶冰姿潔叶金蓮襯豆小小凌波羅襪叶雨初歇叶樓外孤鴻聲

漸遠句遠山外豆行人音信絶叶此恨對語猶難句那堪更寄書說叶　教人紅綃翠減句覺衣寬金縷句都爲輕別叶太情切銷魂處豆畫角黃昏時節叶聲嗚咽叶落盡庭花春去也句銀蟾迥豆無情圓又缺叶恨伊不似句餘香惹豆鴛鴦結叶

此與《江城子》小令小同，故另列。前無作者。「掛」、「傅」、「雨」、「信」、「寄」、「翠」、「爲」、「太」、「又」等字，當仄聲勿誤，去聲更妙。前後第四、五句，各三字句屬下，非偶語，毋忽。「玉」、「遠」、「畫」可平。「樓」、「聲」可仄。「爲」去聲。

又一體百九字　呂渭老

新枝媚斜日韻花徑霽晚句碧泛紅滴叶近寒食叶蜂蝶亂豆點檢一城春色叶倦游客叶門外昏鴉啼夢破句春心似豆游絲飛遠碧叶燕子又語斜檐句行雲自没消息叶　當時烏絲夜語句約桃花時候句同醉瑤瑟叶甚端的叶看看是豆榆莢楊花飛擲叶怎忘得叶斜倚紅樓回淚眼句天如水豆沉沉揺翠璧叶想伊不整啼妝句影簾側叶

前段次三句各四字，後結比田作少一字，蔡松年一首與此同。前結同田作，後結九字，《陽春白雪》增一「春」字，不知本有此體也。《圖譜》於「晚碧」、「碧」字注叶，「食」字不注叶，大誤，《詞律》駁之良是。至謂末句九字不可於「妝」字注斷，亦非。「莢」字，《汲古》作「角」，「揺」字作「連」，「滴」字《歷代詩餘》作「摘」。

鳳凰臺上憶吹簫 九十五字　一名憶吹簫

李清照

香冷金猊句被翻紅浪句起來慵自梳頭韻任寶奩塵滿句日上簾鉤叶生怕別愁離苦句多少事豆欲說還休叶新來瘦句非干病酒句不是悲秋叶　休休叶這回去也句千萬遍陽關句也則難留叶念武陵人遠句烟鎖秦樓叶惟有樓前流水句應念我豆終日凝眸叶凝眸處句從今又添句一段新愁叶

《九宮大成》入北詞仙呂調隻曲，許《譜》同。

舊說皆以此調爲李清照製，不知確否，姑仍之。

《高麗史・樂志》名《憶吹簫》。

《九宮譜》以「瘦」、「酒」二字爲仄叶平，未確。「非干病酒」，晁、侯兩作用仄仄仄平，元人亦然。「添」字，元人詞用仄。「別愁離苦」，《詞律》作「別懷離苦」，葉《譜》作「離懷別苦」，「千」字作「關」，今從《詞譜》。「少」、「欲」、「不」、「萬」、「也」、「武」、「一」可平。「多」、「來」、「千」、「烟」、「惟」、「樓」、「流」、「終」、「眸」可仄。「應」平聲。

又一體 九十七字

晁補之

自金鄉之濟至羊山迎次膺

千里相思句況無百里句何妨暮往朝還韻又正是豆梅初淡濘句禽未綿蠻叶陌上相逢緩轡句風細細句雲日斑斑叶新晴好句得意未妨句行盡青山叶　應攜後房小妓句來爲我句盈盈對舞花間叶便

拚了豆松醪翠滿句蜜炬紅殘叶誰信輕鞍射虎句清世裡豆曾有人閒叶都休說句簾外夜久春寒叶

前後段第四句七字，比李作各多二字。結句六字，比前少二字。換頭二字不叶韻。侯寘四首與此同，只一首於「便拚了」二句作一五、一六字，可不拘。「未」字必去聲，《汲古》缺「夜」字，遺誤。「禽」字，葉《譜》作「鶯」，「青山」二字作「春山」，「了」字作「卻」。今從《汲古》本。

又一體九十六字

秋意　吴元可

更不成愁句何曾是醉句豆花雨後輕陰韻似此心情自可句多了閒吟叶秋在西樓西畔句秋較淺豆不似情深叶夜來月句爲誰瘦小句塵鏡羞臨叶　彈箏舊家伴侶句記雁啼秋水句下指成音叶聽未穩豆當時自誤句又況如今叶那是柔腸易斷句人間事豆獨此難禁叶雕籠近句數聲別似春禽叶

此與晁作同，惟「似此」句六字，少一字。「記雁啼」句平仄亦異。葉《譜》於「箏」字注叶，通體用侵尋閉口韻甚嚴，何獨此處出韻，斷不是叶。「那是」二字作「那更」。

十樣花二十八字

李彌遜

陌上風光濃處韻第一寒梅先吐叶待得春來也句香消減句態凝佇叶百花休漫妬叶

李凡十首，分詠十樣花，故名。皆以「陌上」句爲起句。

又一體二十八字

李彌遜

陌上風光濃處韻紅藥一番經雨叶把酒遶花叢句花解語叶勸春住叶莫教容易去叶

第四句叶韻，三句平仄亦異。

徵招調中腔五十五字

天寧節

王安中

紅雲倩霧籠金闕韻聖運叶豆星虹佳節叶紫禁曉風馥天香句奏九韶句帝心悅叶　瑶階萬歲蟠桃結叶睿算永豆壺天風月叶日觀幾時六龍來句金鏤玉牒告功業叶

此調他無作者，説詳《徵招》下。

《樂府雜録》云：徵音有其聲而無其字。《國史補》云：宋沇爲太樂令，知音近代無比。太常久亡徵音調，沇考鍾律得之。《宋史·樂志》：政和間，詔以大晟雅樂施於燕饗御殿，按試補徵角二調，播之教坊。凡曲有歌頭，有中腔，此即《徵招》之中腔也。「觀」去聲。

法駕導引三十字

上清蔡真人

闌干曲句闌干曲句紅颺綉簾旌韻花嫩不禁纖手捻句被風吹去意還驚叶眉恨蹙山青叶

《文體明辨》云：唐製大駕、法駕、小駕，皆有鼓吹。宋更其名爲導引。

此與朱敦儒《導引》無涉。首句不疊即是《望江南》。據陳與義序文當有九闋，説詳後。

《復齋漫録》云：李定記宣和中，太學士人飲於任氏酒肆。忽有一婦人妝飾甚古，衣亦穿敝，肌膚雪色而無左臂。右手執拍板乃鐵爲之，唱詞《闌干曲》云云。諸公怪其辭異，問之，答曰：「此上清蔡真人《法駕導引》也。妾本唐人，遭五季之亂，左手爲賊所斷。今游人間，見諸公飲酒，求一杯之遺耳」。遂與一杯，飲畢而去。諸公送之出門，杳無所見。又《夷堅志》云：陳東靖康間飲於酒樓，有倡歌《望江南》詞。東問何人所製，曰：「上清蔡真人詞也」。愚按：二説差異，未知孰是。

又一體三十字

陳與義

世傳頃年都下市肆中，有道人攜烏衣椎髻女子，買斗酒獨飲。女子歌詞以侑，凡九闋，皆非人世語。或記之，問一道士，道士驚曰：「此赤城韓夫人所製水府蔡真君《法駕導引》也。烏衣女子疑龍」云。得其三而亡其六，擬作三闋。

烟漠漠句烟漠漠句天淡一簾秋韻自洗玉舟斟白醴句月華微映是空舟叶歌罷海西流叶

此詞見《樂府雅詞》，凡三首，今録其一。前有「朝元路」、「東風起」二首。據原序是此調本應九首，陳僅記其三。序文與《復齋漫録》、《夷堅志》差異，與《汲古》同。《歷代詩餘》以「朝元路」一首爲陳作，「東風起」、「烟漠漠」二首爲赤城仙子作，《闌干曲》一首爲蔡真人作。愚按：調名爲赤城韓夫人製，其詞則陳與義效之也，未可臆别。二「烟」字，《汲古》作「簾」，誤。三「漠」字、「自」字、「月」字可平。「天」可仄。

明月逐人來 六十二字

李持正

星河明淡韻春來深淺叶紅蓮正豆滿城開遍叶禁街行樂句暗塵香拂面叶皓月隨人近遠叶 天半叶鰲山光動句鳳樓兩觀叶東風靜豆珠簾不捲叶玉輦待歸句雲外聞絃管叶認得宮花影轉叶

此以前結句立名，作者甚少。

「兩」字各本作「西」，據葉《譜》改較勝。「鳳」可平。「行」可仄。

又一體 六十二字

燈夕趙端禮席上

張元幹

花迷珠翠韻香飄羅綺叶簾旌外豆月華如水叶軟紅影裡叶誰會王孫意叶最樂昇平景致叶 長記叶宮中五夜句春風鼓吹叶游仙夢豆輕寒半醉叶鳳幃未暖句歸去濃薰被叶更問陰晴天氣叶

前段第五句，後段第四句，平仄與前異。「裡」字，葉《譜》注叶。愚按：恐是偶合。《詞律》於「宮中」爲句，「記」字不注叶，誤。「軟」字，《汲古》作「暖」，「濃薰」二字作「薰濃」，皆誤。

寰海清 八十七字

王庭珪

畫鼓轟天韻暗塵隨馬句人似神仙叶天恁不教晝短句明月長圓叶天應未知道句天知道句肯放三夜如年叶　流蘇擁上香軿叶爲甚個豆晚妝特地鮮妍叶花下清陰句怎合曲水橋邊叶高人到此也乘興句任橫街豆一一須穿叶莫言無國艷句有朱門豆鎮嬋娟叶

《宋史·樂志》：太宗製琵琶獨彈曲破有此名。《九宮大成》入南詞大石調正曲。他無作者。《詞律》未收。

傳言玉女 七十三字

袁裪

眉黛輕分句慣學女真梳掠韻艷容可畫句那精神怎貌叶鮫綃映玉句鈿帶雙穿纓絡叶歌音清麗句舞腰柔弱叶　宴罷瑤池句御風跨皓鶴叶鳳凰臺上句有簫郎共約叶一面笑開句向月斜褰朱箔叶東園無限句好花羞落叶

《高拭詞》注黃鐘宮。《九宮大成》入南詞黃鐘正曲，與本宮引不同。

《漢武内傳》云：帝閒居承華殿，忽見一女子曰：「我墉宮玉女王子登也，七月七日王母暫來」。言訖不知所在。世所謂傳言玉女也。

朱弁《續骫骳說》云：政和中，袁褕爲教坊判官。一日爲蔡京撰此詞，上見之，改「女真」二字爲「漢宮」。蓋當時已與女真盟於海上矣，而中外未知。帝思其語，故竄易之也。

此詞見《樂府雅詞拾遺》，前後第四句是一領四字。「怎」字、「共」字、「映」字、「笑」字定用去聲。「跨皓鶴」用去去入，各家皆同。前後第五句，各家平仄互異。「貌」字音「莫」。「女真」一作「玉真」。

又一體 七十四字

上元　　晁沖之

一夜東風句吹散柳梢殘雪韻御樓烟暖句對鰲山綵結叶簫鼓向晚句鳳輦初回宮闕叶千門燈火句九衢風月叶　綉閣人人句乍嬉游豆困又歇叶艷妝初試句把珠簾半揭叶嬌波溜人句手撚玉梅低説叶相逢長是句上元時節叶

《草堂箋》爲胡浩然作，誤。

後段第二句六字，比袁作多一字。「吹散」二字，《詞律》作「不見」。「嬌波溜人」四字作「嬌羞向人」。黃機用平仄，仄平，今據《詞綜》改正。「對鰲山」句，黃機用仄仄平平仄，此句各家多不同。「手」可平。「千」可仄。

五彩結同心 百九字

珠簾垂户句金索懸窗句家接浣紗溪路韻相見桐陰下句一鈎月豆恰在鳳凰棲處叶素瓊撚就宮腰小句花枝裊豆盈盈嬌步叶新妝淺豆滿腮紅雪句綽約片雲欲度叶　塵寰豈能留住叶唯只愁化作句彩雲飛去叶蟬翼衫兒薄句冰肌瑩句輕罩一團香霧叶彩箋巧綴相思苦句脈脈動豆憐才心緒叶好作個豆秦樓活計句吹簫伴侶叶

《九宫大成》入南詞越調正曲，許《譜》同。

此調見《樂府雅詞》，不注撰人。《詞綜補遺》爲袁裪作，不知何據。深情旖旎，宛轉關生，必是北宋人作。想以詞意爲名。《詞律》所云徐釚所賦仄聲韻，未見其譜者，即此是也。

「欲」、「伴」二字仄聲，勿誤。「户」字非起韻。起二句對偶，不應用韻，觀趙作可知。「苦」字亦非叶，「吹簫」上，《詞譜》多「要待」二字。「垂」字一作「綉」。「索」字《詞綜補遺》作「粟」，「桐」字作「露」。

又一體 百十一字

爲淵卿壽　趙彥端

人間塵斷句雨外風回句涼波自泛仙槎韻非郭還非野句閒鶯燕句時傍笑語清佳叶銅壺花漏長如線句金鋪碎豆香暖檐牙叶誰知道豆東園五畝句種成國色天葩叶　主人漢家龍種句正翩翩迴

立句雪紵烏紗叶歌舞承平舊句圍紅袖句詩興自寫春華叶未知三斗朝天去句定何似豆鴻寶丹砂叶
且一醉豆朱顏相慶句共看玉井浮花叶

此用平韻。隻結尾句六字，比前多二字。「色」字，《汲古》作「艷」。「三斗」，葉《譜》作「五斗」。

詞繫卷十九

宋

太平年 四十五字　　無名氏見《高麗史・樂志》

皇州春滿群芳麗韻散異香旖旎叶鰲宮開宴賞佳致叶舉笙歌鼎沸叶　永日遲遲和風媚叶柳色烟凝翠叶惟恐日西墜叶且樂歡醉叶

《九宮大成》入南詞中吕宫正曲，又入大石調引。與《太平時》無涉。

《文獻通考》云：徽宗政和賜高麗大晟燕樂。《東都事略》云：政和三年五月，以大晟樂頒之天下。以下十五調俱見《高麗史・樂志》，是當時所賜樂章詞。皆宋人所撰，不著名氏，故附政和後。《詞律》皆不收。

「滿」字，《詞譜》作「色」。

愚按：《高麗史》所載各調，皆先有聲而後以辭實之。只求協之聲律，而辭意不甚嫻雅，無足取法。但作譜非選詞比，不得不採以備體。

金盞子令四十七字

春風報暖句到頭嘉氣漸融怡韻巍峨鳳闕句起鰲山萬仞句争聳雲涯叶　梨園子弟句齊奏新曲句半是壎篪叶見滿筵豆簪紳醉飽句頌鹿鳴詩叶

亦見《高麗史·樂志》。與《金盞子》百二字長調無涉。

獻天壽四十七字

日暖風和春更遲韻是太平時叶我從蓬島整容姿叶來降賀丹墀叶　幸逢燈夕真佳會句喜近天威叶神仙壽算永無期叶獻君壽豆萬千斯叶

《九宫大成》入北詞仙吕調隻曲。此取結句爲名。

獻天壽令五十二字

閬苑人間雖隔句遥聞聖德彌高韻西離仙境下雲霄叶來獻千歲靈桃叶　上祝皇靈齊天久句猶

舞蹈豆賀賀聖朝叶梯航交輳四方遥叶端拱永保宗祧叶

亦見《高麗史・樂志》，與前句法不同。《詞譜》云：此高麗獻仙桃舞隊曲也。因其雜用唐樂，故採之。

「仙」字，《詞譜》作「化」。

破字令 五十字

緲緲三山島韻十萬歲豆方分昏曉叶春風開遍碧桃花句爲東君一笑叶　祥飆暫引香塵到叶祝嵩齡豆後天難老叶瑞烟散碧句歸雲弄暖句一聲長嘯叶

《詞譜》云：此宋賜高麗五羊仙舞隊曲也，名曰《唐樂》。愚按：破者，繁聲入破也。自陳後主造《念家山破》、《振金鈴破》等曲，始以「破」名。唐人名「入破」，元人名「破子」，皆同一意。即時曲之一板一眼也。

壽延長破字令 五十二字

青春玉殿和風細韻奏簫韶絡繹入叶韻繞行雲飄飄曳叶泛金樽豆流霞灔溢入叶　瑞日輝輝臨丹扆叶布仁慈德意叶遐邇願聽歌聲綴叶萬萬年豆仰瞻宴啟叶

《詞譜》云：此高麗壽延長舞隊曲也。因其雜用唐樂，故採之。

此入聲與上、去並叶，詞中僅見。但「溢」字，《韻補》：子既切，音意，可借叶。「繹」字無上去音，不得謂之借叶也。此已開四聲并用之端矣。「聽」平聲。

折花令 五十二字

翠幕華筵句相將正是多歡宴韻舉舞袖句迴旋遍叶羅綺簇宮商共歌清羡叶　莫惜沉醉句瓊漿泛泛金樽滿叶當永日句長游衍叶願燕樂嘉賓句嘉賓式燕叶

《詞譜》云：此高麗抛球樂舞隊曲也。

荔子丹 五十三字

鬥巧宮妝掃翠眉韻相喚折花枝叶曉來深入艷芳裡句紅香散句露浥在羅衣叶　盈盈巧笑詠新詞叶舞態畫嬌姿叶裊娜文回迎宴處句簇神仙句會赴瑤池叶

《詞譜》云：宋賜高麗大晟樂，故《樂志》中猶存宋人詞。此其一也。

步虛子令 五十七字

碧雲籠曉海波間韻江上數峰寒叶珮環聲裡句異香飄落人間叶弭絳節句五雲端叶　宛然共指

嘉禾瑞句開一笑句破朱顏叶九重曉闕句望中三祝高天叶萬萬載句對南山叶

《詞譜》云：此宋賜高麗樂中五羊仙舞隊曲也。

行香子慢 九十六字

瑞景光融韻煥中天霽烟句佳氣葱葱叶皇居崇壯麗句金碧輝空叶彤霄外豆瑤殿深處句簾捲花影重重叶迎步輦句幾簇真仙句賀慶壽新宮叶　方逢叶聖主飛龍叶正休盛大寧句朝野歡同叶何妨宴賞句奉宸意慈容叶韶音按豆霞觴將進句蕙爐飄馥香濃叶長願承顏句千秋萬歲句明月清風叶

此與《行香子》小令無涉，故另列。

「皇居」二句，與後段「何妨」二句，句法不應參差。或「麗」字屬下句，抑可不拘。

慶春澤 九十八字

曉風嚴句正蕭然兔園句薄霧微罩韻梅漸弄白句聳危苞勻小叶胭脂半點瓊瑰勝句望江南豆信息何杳叶縱壽陽妍姿句學就新妝句暗香須少叶　幽艷滿寒梢句更游蜂舞蝶句渾無飛繞叶天賦品格句借東皇施巧叶孤根佔得春前俊句笑雪霜豆漫欺容貌叶況此花高強句終待和羹句肯饒芳

草叶

亦見《高麗史·樂志》。此爲《慶春澤》正調，與劉鎮百字體爲《高陽臺》之别名無涉。又見《梅苑》。「兔」、「霧」、「弄」、「品」諸仄聲字，「壽陽妍姿」、「此花高強」用上平平平，皆勿誤。《詞律》未見此詞，僅見劉作，遂以《慶春澤》爲正調，反以《高陽臺》爲别名。博採旁搜之功，蓋闕如也。

惜花春起早慢 百字

向春來句睹園林綉出句滿檻仙萼韻流鶯海棠枝上弄舌句紫燕飛繞池閣叶三眠細柳句垂萬條豆羅帶柔弱叶爲思量句昨夜去看花句猶自斑駁叶　須拚盡日樽前句留媚景良辰句且恁歡謔叶更闌夜深秉燭句對花酌豆莫孤輕諾叶鄰鷄唱曉句驚覺來豆連忙梳掠叶向西園豆惜群葩句恐怕狂風吹落叶

愚按：《詞源》所載張樞有《惜花春起早》詞，首句用「鎖窗明」三字，正與此合。惜全詞未載。

愛月夜眠遲慢 百四字

禁鼓初敲句覺六街夜悄句車馬人稀韻幕天澄淡句雲收霧捲句亭亭皎月如珪叶冰輪碾出遥空句

照臨千里無私叶最堪憐句有清風送得句丹桂香微叶　惟願素魄長圓句把流霞對飲句滿泛觥巵叶醉憑闌處賞玩句不忍辜負句好景良時叶清歌妙舞連宵句踟躕懶入羅幃叶任佳人句儘嗔我愛月句每夜眠遲叶

《九宫大成》入南詞越調引。

亦見《高麗史·樂志》。以上《詞律》皆未載。

又一體百三字　　仇　遠

小市收燈句漸柝聲隱隱句人語沉沉韻月華如水句香街塵冷句闌干瑣碎花陰叶羅幃不隔嬋娟句多情伴人孤枕换仄叶最分明句見屏山翠疊句遮斷行雲叶　因記款曲西廂句趁凌波步影句笑拾遺簪叶元宵相次近也句沙河簫鼓句恰是如今叶行行舞袖歌裙叶歸還不管更深叶黯無言句新愁舊月句空照黄昏叶

調見《無絃琴譜》。與前作同，惟後結少一字，「枕」字换仄叶平，與蔡伸「扁舟尋舊約」詞同例。《詞譜》於「人」字斷句，未確。「明」字、「裙」字注叶韻，照前詞恐是偶合。但通首用侵尋韻。雜入「雲」、「昏」二字，或「明」、「裙」二字亦叶。

金盞子 百二字

麗日舒長句正葱葱瑞氣句遍滿神京韻九重天上句五雲開處句丹樓碧閣崢嶸叶盛宴初開句錦帳綉幕交横叶應上元佳節句君臣際會句共樂昇平叶　廣庭羅綺紛盈叶動一部笙歌盡新聲叶蓬萊宮殿神仙景句浩蕩春光句邐迤玉城叶烟收雨歇句天色夜更澄清叶又千尋句火樹燈山句參差帶月鮮明叶

《九宫大成》名《金盞兒》，入南詞仙吕宫正曲，又入北詞仙吕調隻曲。一名《碎金盞》。亦見《高麗史·樂志》。《九宫譜》名《慢金盞》。

此用平韻，句法與諸家皆不同。《詞律》未收此體。

「樂」字，《詞譜》作「賞」，「庭」字作「筵」。「玉」作平。

又一體 百二字

史達祖

獎緑催紅句仰一番膏雨句始張春色韻未踏畫橋烟句江南岸豆應是草穠花密叶尚憶湔裙蘋溪句覺詩愁相覓叶光風外句除是倩鶯煩燕句漫通消息叶　梨花夜來白叶相思夢豆空闌月波濕叶深深柳枝巷陌叶難重遇句弓彎兩袖雲碧叶見説倦理秦箏句惜春葱無力叶空遺恨句當時留秀

句句蒼苔蠹壁叶

此用仄韻，句法與前作不同。「陌」字恐未是叶。「月波濕」，《汲古》作「一林月」，「惜」字作「怯」。「是」可平。「風」、「波」可仄。

又一體 百三字

吴文英

吴城連日賞桂，一夕風雨悉已零落。獨寓窗晚花方作小蕾，未及見開，有新邑之役。朅來西館，籬落間嫣然一枝可愛。見侶人而喜，爲賦此解。

賞月梧園句恨廣寒宮樹問曉風搖落韻莓砌掃蛛塵句空腸斷豆薰爐燼消殘萼叶殿秋尚有餘花句鎖烟窗雲幄叶新雁又無端句送人江上句短亭初泊叶

籬角叶夢依約叶人一笑句惺忪翠袖薄叶悠然醉魂喚醒句幽叢畔淒香霧雨漠漠叶晚吹乍顫秋聲句早屏空金雀叶明朝想句猶有數點蜂黃句伴我斟酌叶

後起二字叶，結尾一六、一四字，比史作多一字。吴凡二首同。「魂」字，《詞律》作「紅」，誤。

又一體百一字

水仙　　趙以夫

得水能仙句向漢皐遺珮句碧波涵月韻藍玉暖生烟句稱縞袂黃冠句素姿冰潔叶亭亭獨立風前句奈香多愁絶叶當時事豆琴心妙處難傳句有誰堪說叶　歲晚渺無人句更短景豆繁雲天欲雪叶瀟湘烟水茫茫句但萬里相思句寒江空闊叶殷勤折向梅邊句聽玉龍吹徹叶叮嚀道豆百年兄弟句相看晚節叶

前段第五、六句，一五、一四字，換頭句亦不叶韻，平仄不同。「但萬里」二句，一五、一四字，結尾兩四字句，比史作少一字。

又一體百字

王沂孫

雨葉吟蟬句露草流螢句歲華將晚韻對靜夜無眠句稀星散豆時度絳河清淺叶甚處畫閣淒涼句引輕寒催燕叶西樓外豆斜月未沉句風急雁行吹斷叶　此際怎消遣叶要相見豆除非待夢見叶盈盈洞房淚眼叶看人似句冷落過秋紈扇叶痛惜小院桐陰句空啼鴉零亂叶厭厭地豆終日爲伊句香愁粉怨叶

次句四字，比各家少一字，且對起。後段第四句叶韻。結處與趙作同，平仄異。

又一體 百二字

秋思　蔣捷

練月縈窗句夢乍醒句黃花翠竹庭館韻心字夜香消句人孤另句雙雙被他羞看叶擬待告訴天公句減秋聲一半叶無情雁叶正用恁時飛來句叫雲尋伴叶　猶記杏櫳暖叶銀燭下豆纖影卸佩鸞句春渦暈句紅豆小句鶯衣嫩句珠痕淡印芳汗叶自從信誤青驪句想籠鶯停喚叶風刀快句但剪畫檐梧桐句怎剪愁斷叶

「雁」字叶韻。後段次句用「鸞」字不叶韻。三、四句兩三字，與各家異。兩結平仄亦不同。《詞潔》云：「佩鸞」有作「佩款」者，「佩鸞」不叶。「佩款」不可解。愚按：「鸞」字當是以平叶仄，與《渡江雲》同例。斷非「款」字。「雙雙」二字，《詞潔》作「雙鵜」，「驪」字作「驄」。一本缺「但」字。

新雁過妝樓 百六字

一抹絃器句初宴畫堂句琵琶人抱當頭韻髻雲腰素句仍占絕風流叶輕攏漫撚生情態句翠眉顰豆無愁漫似愁叶變新聲自成濩索句還共聽豆一奏梁州叶　彈到遍急敲頻句分明似語句爭知指

面纖柔叶坐中無語句惟斷續金虬叶曲終暗會王孫意句轉步蓮豆徐徐卸鳳鈎叶捧瑶觴豆爲喜知音句勸佳人豆沉醉遲留叶

見《高麗史·樂志》。句調與各家迥異。《詞律》未收此體。

又一體九十九字

吴文英

中秋後一夕，李芳菴月庭延客。命小妓過新水令，坐間賦詞。

閬苑高寒韻金樞動句冰宫桂樹年年叶剪秋一半句難破萬户連環叶織錦相思樓影下句鈿釵暗約小簾閒叶共無眠素娥慣得句西墜闌干叶　誰知壺中自樂句正醉圍夜玉句淺鬥嬋娟叶雁風自勁句雲氣不上涼天叶紅牙潤沾素手句聽一曲清歌雙霧鬟叶徐郎老句恨斷腸聲在句離鏡孤鸞叶

此調亦名《新雁過妝樓》。首句起韻。前後段次三句各少一字，五句亦少一字，十句少三字。前段七句少一字，後段同，平仄亦異。舊説與《八寶妝》及《瑶臺聚八仙》同是一調，但字句雖同，宫調各異。據原題似是創調，與時曲《新水令》不合。姑類列一處，仍録原名，以俟知音論定。

「眠」字，張炎二首皆叶韻。東紅韻，此字用「昏」字不叶。「破」、「自」、「氣」三字必去聲。「雙霧鬟」三字平去平，尤不可易。「剪秋」句，「雁風」句，張二首俱用仄仄平平。「閬」、「一」、「淺」、「一」可平。「宫」可仄。

八寶妝九十九字　一名百寶妝

秋宵有感　　陳允平

望遠秋平韻初過雨句微茫水滿烟汀叶亂蘋疏柳句猶帶數點殘螢叶待月重樓誰共倚句信鴻斷續兩三聲叶夜如何句頓涼驟覺紈扇無情叶　還思驂鸞素約句念鳳簫雁瑟句取次塵生叶舊日潘郎句雙鬢半已星星叶琴心錦意暗懶句又争奈西風吹恨醒叶屏山冷句怕夢魂飛度句藍橋不成叶

《九宮大成》入南詞商調隻曲。

《高麗史·樂志》名《百寶妝》。

此與李甲作一百十字調不同，故另列。通體與《新雁過妝樓》吻合，惟「舊日潘郎」四字平仄異。「錦意」，「意」字用仄，結句平平入平差疏。

瑤臺聚八仙九十九字

杭友寄聲以詞答意　　張　炎

秋月娟娟韻人正遠魚雁待拂吟箋叶也知游事句多在第二橋邊叶花底鴛鴦深處睡句柳陰淡隔裡湖船叶路綿綿叶夢吹舊曲句如此山川叶　平生幾兩謝屐句便放歌自得句直上風烟叶峭壁誰家句長嘯竟落松前叶十年孤劍萬里句又何似畦分抱甕泉叶中山酒句且醉餐石髓句白眼青天叶

《九宮大成》入北詞仙呂調隻曲。

《南詞定律》云：此曲犯《天仙子》、《月裡嫦娥》、《傳言玉女》、《長壽仙》、《洞仙歌》、《安樂神》、《水仙子》、《歸仙洞》八曲，故名《聚八仙》。愚按：《月裡嫦娥》、《安樂神》、《歸仙洞》三詞無考。

此調與《八寶妝》無二。或陳亦犯八調而成，但無可考。張凡七首，平仄照注。《新雁過妝樓》二首句調無異，分立兩名，究不知是一調否。姑類列。

「綿」字張作叶韻。「兩」字用平者多。「峭壁誰家」四字與陳作同。「水」字一作「渚」，「事」字作「意」，「睡」字作「影」，「曲」字作「笛」。「雁」、「待」、「柳」、「放」、「劍」，「抱」、「醉」、「石」、「白」可平。「秋」、「魚」、「多」、「花」、「長」、「孤」、「何」可仄。「十」作平。

九張機 三百二十八字

無名氏 見《樂府雅詞》

《醉留客》者，樂府之舊名。《九張機》者，才子之新調。憑戞玉之清歌，寫擲梭之春怨。章章寄恨，句句言情。恭對華筵，敢陳口號。

一擲梭心一縷絲，連連織就九張機。從來巧思知多少，苦恨春風久不歸。

一張機韻織梭光景去如飛叶蘭房夜永愁無寐句嘔嘔軋軋句織成春恨句留着待郎歸叶

兩張機韻月明人静漏聲稀叶千絲萬縷相縈繫句織成一段句回文錦字句將去寄呈伊叶

三張機韻中心有朵耍花兒叶嬌紅嫩綠春明媚句君須早折句一枝濃艶句非待過芳菲叶

四張機韻鴛鴦織就欲雙飛叶可憐未老頭先白句春波碧草句曉寒深處句相對浴紅衣叶

五張機韻芳心密與巧心期叶合歡樹上枝連理句雙頭花下句兩同心處句一對化生兒叶

六張機韻雕花鋪錦半離披叶蘭房別有留春計句爐添小篆句日長一線句相對綉工遲叶

七張機韻春蠶吐盡一生絲叶莫教容易裁羅綺句無端剪破句仙鸞彩鳳句分作兩般衣叶

八張機韻纖纖玉手住無時叶蜀江濯盡春波媚句香遺囊麝句花房綉被句歸去意遲遲叶

九張機韻一心長在百花枝叶百花共作紅帷被句都將春色句藏頭裏面句不怕睡多時叶

輕絲韻象牀玉手出新奇叶千花萬草光凝碧句裁縫衣著句春天歌舞句飛蝶語黃鸝叶

春衣韻素絲染就已堪悲叶塵世昏污無顏色句應同秋扇句從兹永棄句無復奉君時叶

歌聲飛落畫梁塵，舞罷香風捲綉茵。更欲縷成機上恨，尊前忽有斷腸人。斂袂而歸，相將好去。

朱彝尊《樂府雅詞跋》云：《九張機》詞僅見於此。而《高麗史・樂志》：文宗二十七年十一月，教坊女弟子楚英奏新傳《九張機》，用弟子十人。則其節度猶具，所謂禮失而求諸野也。愚按：元之文宗在位僅七年，此當是高麗之文宗。《詞綜》列之元人，誤。今附列《高麗史》後。

此調見《樂府雅詞》，自一至九共九首，又二首，如曲之有尾聲。前有口號，後有遺隊，通首皆用一韻，又九首亦用支時韻。但無後二首，并前後口號遺隊耳。當録全首，使學者方明此調必如此體。《詞律》只録《五張機》，注五字可平爲又一體。反録「輕絲」一首在前，全失體格，貽誤後學不淺。

導引 五十字

五年一狩句仙仗到人間韻問稼穡艱難叶蒼生洗眼秋光裡句今日見天顏叶　金戈玉斧臨香

火句馳道六龍閑叶歌謠到處皆相似句天子壽南山叶

《宋史・樂志》云：正宮、道調宮、黄鐘宮、大石調、黄鐘羽調、正平調、仙吕調，凡七曲。或五十字，或加一疊一百字者不同。

《詞譜》云：宋鼓吹四曲，悉用教坊新聲。車駕出入導引，此調是也。餘詳《六州》下。

此與《法駕導引》無涉，當參看。《詞律》失載。

六州 百二十九字

良夜永句玉漏正遲遲韻丹禁肅句周廬列句羽衛繞皇幃叶嚴鼓動豆畫角聲齊叶金管飄雅韻句遠逐輕飈叶薦嘉玉豆躬祀神祇叶祈福爲黔黎叶升中盛禮句增高益厚句登封檢玉句時邁合周詩叶元文錫句慶雲五色相隨叶甘露降句醴泉涌句三秀發靈芝叶皇猷播豆史冊光輝叶受鴻禧萬年句永固丕基叶吾君德豆蕩蕩巍巍叶邁堯舜文思叶從今寰宇句休牛放馬句耕田鑿井句鼓腹樂昌期叶

《文獻通考》云：本朝歌吹，止有四曲：《十二時》、《導引》、《降仙臺》并《六州》爲四。每大禮宿齋或行幸，遇夜每更三奏，名爲警愓。政和七年，詔改《六州》名《崇明祀》。然天下仍謂之《六州》，其稱謂已熟也。

調見《宋史・樂志》。與《六州歌頭》無涉，當名《崇明祀》。《詞律》未收。四曲中惟《降仙臺》失傳。「受鴻禧萬年」當斷句。「禧」字非叶，與前段合。蓋通體皆同也。

十二時 百二十五字

聖明代句海縣澄清韻惠化洽寰瀛叶時康歲足句治定武成叶遐邇賀昇平叶嘉壇上豆昭事神靈叶薦明誠叶報本禪雲亭叶俎豆列犧牲叶宸心蠲潔句明德薦惟馨叶紀鴻名叶千載播天聲叶　燔柴畢句雲馭回仙仗句慶鑾輅還京叶八神扈蹕句四隩來庭叶嘉氣覆重城叶殊常禮句曠古難行遇文明叶仁恩蘇品彙句沛澤被簪纓叶祥符錫祚句武庫永銷兵叶育群生叶景運保千齡叶

調見《宋史·樂志》。本名《十二時》，政和七年改名《稱吉禮》。餘詳《六州》下。

此詞用平韻，與柳永《十二時》渺不相涉。是當時樂章，當名《稱吉禮》，非《十二時》之又一體也。故分列。

擷芳詞 五十四字　一名摘紅英

無名氏 見《古今詞話》

風搖動韻雨濛茸叶翠條柔弱花頭重叶春衫窄換入香肌濕叶入記得年時句共伊曾摘叶入　都如夢仄叶何曾共仄叶可憐孤似釵頭鳳仄叶關山隔叶入晚雲碧叶入燕兒來也句又無消息叶入

因前結句，又名《摘紅英》。

《古今詞話》云：政和間，京師妓之姥曾嫁伶官，常入内教舞，傳禁中《擷芳詞》以教其妓。人皆愛其聲，又愛其詞類唐人所作。張尚書帥成都，蜀中傳此詞，競唱之，卻於前段下添「憶憶憶」，後段下添「得得得」三字。又名《摘紅英》，殊失其義。不知禁中有擷芳園，故名《擷芳詞》也。《太平樂府》云：擷芳、擅芳，禁中園名。

前後段下半，各家俱換入聲韻，想宫詞宜如是耳。「動」字，一本作「蕩」，失叶。「茸」字去聲。《詞律》云：「記得年時」，必與後段相同較妥。然各家參差互異，可不拘。

又一體 五十四字

惜花　　　　張翥

鶯聲寂韻鳩聲急叶柳陰一片梨花濕叶驚人困換仄教人恨仄叶待到平明句海棠應盡叶仄　青無力叶入紅無迹叶入殘香剩粉那禁得叶入天難準叶仄晴難穩叶仄晚風又起句倚闌争忍叶仄

此與前作全同，惟先用入聲韻，後換仄聲韻。「那」作平。

折紅英 六十字

程垓

桃花暖韻楊花亂叶可憐朱户春強半叶長記憶換入探芳日叶入笑憑郎肩句殢紅偎碧叶入惜叶入惜疊叶惜疊叶　青宵短叶仄離腸斷叶仄淚痕長向東風滿叶仄憑青翼叶入問消息叶入花謝春歸句幾時來得叶入憶叶入憶疊叶憶疊叶

見《書舟詞》名，《折紅英》，即《擷芳詞》加三疊字，改「摘」，字爲「折」也。

釵頭鳳 六十字

陸游

紅酥手韻黃滕酒叶滿城春色宮牆柳叶東風惡換入歡情薄叶入一懷愁緒句幾年離索叶入錯叶入錯疊叶錯疊叶

春如舊叶仄人空瘦叶仄淚痕紅浥鮫綃透叶仄桃花落叶入閒池閣叶入山盟雖在句錦書難託叶入莫叶入莫疊叶莫疊叶

此因《擷芳詞》後段第三句爲名。

周密《癸辛雜識》云：陸務觀初娶唐氏，閎之女也，於其母夫人爲姑侄。伉儷相得，而弗獲於其姑。既出而未忍絶之，則爲别館，時時往焉。姑知而掩之，雖先知挈去，然事不得隱，竟絶之。唐後改適同郡宗子士程，嘗以春日出游，相遇於禹跡寺南之沈氏園。唐以語趙，遣致酒肴。翁悵然久之，爲賦《釵頭鳳》一詞，題園壁間。《耆舊續聞》云：唐氏見此詞而和之。未幾卒。聞者爲之愴然。

前用「手」、「酒」、「柳」三上聲，後用「舊」、「瘦」、「透」三去聲，法律謹嚴。

又一體 六十字

唐氏

世情薄韻人情惡叶雨送黃昏花易落叶曉風乾換平淚痕殘叶平欲箋心事句獨語斜闌叶平難叶平難疊叶難疊叶

人成各叶入今非昨叶入病魂常似鞦韆索叶入角聲寒叶平夜闌珊叶平怕人尋問句咽淚妝歡叶平瞞叶平瞞疊叶瞞疊平

上半用入聲韻，下半用平韻。

玉瓏璁 六十字

城南路韻橋南樹叶玉鈎簾捲香橫霧叶新相識換入舊相識疊叶淺顰低笑句嫩紅輕碧叶入惜叶入惜疊叶惜疊叶

劉郎去叶仄阮郎住叶仄爲雲爲雨朝還暮叶仄心相憶叶入空相憶疊叶露荷心性句柳花蹤跡叶入得叶入得疊叶得疊叶

《能改齋漫録》云：近有士人，嘗於錢塘江漲橋爲狹邪之游，作此詞。

兩「識」字、兩「憶」字疊叶，亦巧法也。

惜分釵 五十八字

呂渭老

春將半韻鶯聲亂叶柳絲拂馬花迎面叶小堂風換平暮樓鐘叶平草色連雲句暝色連空叶平重叶平重疊叶

鞦韆畔叶仄何人見叶仄寶釵斜照春妝淺叶仄酒霞紅叶平與誰同叶平試問別來句近日情悰叶平忡叶平忡疊叶

此因《釵頭鳳》句而變其名也。呂凡二首，平仄照注。惟上半用仄韻，下半用平韻。疊二字，比前少一字。「拂」可平。

「斜」可仄。

摘紅英五十八字

史達祖

春愁遠韻春夢亂叶鳳釵一股輕塵滿叶江烟白換入江波碧叶入柳户清明句燕簾寒食叶入憶叶入憶疊叶 鶯聲晚叶仄簫聲短叶仄落花不許春拘管叶仄新相識叶入休相失叶入翠陌吹衣句畫樓橫笛叶入得叶入得疊叶

《絕妙好詞》名《清商怨》，或是誤寫調名。

此與吕作同，只叠兩字而用入聲韻。

以上五調，名目字數雖殊，而體格則合，實是一調異名。惟用韻平仄差異。今備列各名以存本來面目，學者各從其一體，勿涉參雜可也。舊譜削去原名，但書又一體，一名某，令人難於辨索，非作譜體例矣。餘倣此。

舜韶新百一字

菊花

郭子正

香滿西風句催歲晚豆東籬黄花爭吐韻嫩英細蕊句金艷繁妝點句高秋偏富叶寒地花媒少句算自結豆多情烟雨叶每年年妝面句謝他拒霜相顧叶 寶馬王孫句休笑孤芳句陶令因誰句便思歸

去叶負春何事句此恨惟才子句登高能賦叶千古風流在句占定泛豆重陽芳醑叶堪吟堪醉賞句何杏園深處叶

王應麟《玉梅》云：政和中，曹裴製徵調《舜韶新》。《歷代詩餘》不著名氏。《詞譜》爲郭子正作。《詞律》未收。「每年年妝面」，《歷代詩餘》作「妝面每年年」。「佳」字作「芳」，又缺「看」字。今從《詞譜》。「占定」二字費解，疑誤。

望明河 百六字

劉一止

華旌耀日句報天上使星句初辭金闕韻許國精忠句試此日傅巖句濟川舟楫叶向來鷄林外句況傳詠篇章誇雄絶叶問人地句真是唐朝第一句未論勛業叶　鯨波霽雲千疊叶望仙馭縹緲句神山明滅叶萬里勤勞句也等是壯年句綉衣持節叶丈夫功名句事未肯向樽前傷輕别叶看飛棹句歸侍宸游句宴賞太平風月叶

詞見《苕溪集》。他無作者，《詞律》失收。「誇雄」二字，《詞譜》作「奇」。少一字。「山」字一本作「仙」，「勤」字作「勳」。

夢横塘 百五字

淚痕經雨句鬢影吹寒句晚來無限蕭索韻野色分橋句剪不斷豆前溪風物叶船繫朱籐句路連烟寺句

遠波浮没叶聽疏鐘斷鼓句似近還遥句驚心事豆傷羈客叶　新醅旋壓鵝黄句拚清愁在眼句酒病縈骨叶綉閣嬌慵句争解説豆短封傳憶叶念誰伴豆塗妝綰髻句嚼蕊吹花弄秋色叶恨對南雲句此時淒斷句有何人知得叶

他無作者，平仄宜從。「限」、「病」、「弄」三字去聲，尤吃緊。「橋」字，一本作「嬌」，不若《詞律》本較勝。「淚」字，葉《譜》作「浪」，「鬢」字作「林」，「連」字作「迷」，「波」字作「鷗」，「封」字作「書」。「旋」去聲。

紅窗迥六十六字　一名虹窗影

曹組

春闈期近也句望帝鄉迢迢豆猶在天際叶懊惱這一雙腳底叶一日趕不上豆五六十里叶　争氣扶持我豆去博得官歸句那時賞你叶穿對朝靴豆安排你在轎兒裡叶更選對宫樣鞋兒豆夜間伴你叶

《冥音録》：《紅窗影》，雙柱調，四十疊。説見《滿江紅》下。《歷代詩餘》云：《冥音録》初名《紅窗影》，後易一字，得今名。「紅」一作「虹」。

此與《紅窗睡》迥異。或云創自周邦彦，無據。今從《夷堅志》。

《夷堅志》云：紹興中，曹勛使金，好事者戲作小詞。其後闋云：「單於若問君家世，説與教知，便是紅窗迥底兒」。謂勛父元寵昔以此曲著名也。盛如梓《老學叢談》云：曹東畝赴省，陸行良苦，以詞自慰其足云云。《詞筌》云：小説載曹東畝赴試步行，戲作《紅窗迥》慰其足云云。此等詞，後人再若效顰，寧非打油惡道乎。愚按，東畝二説互異。考曹東畝名豳，嘉泰進士，此詞或自是曹組作，名誤傳耳。雖係俳體，因立調名，不得不録，非例有不同也。

又一體五十二字　周邦彦

幾日來喜真個醉韻早窗外亂紅句已深半指叶花影被風摇碎叶擁春酲未起叶　有個人人生濟楚句向耳邊問道句今朝醒未叶情性慢騰騰地叶惱得人越醉叶

與曹作迥異。「早」字，《詞律》作「不知道」三字，「未」字作「乍」，「生」字下多「得」字，「楚」字下多「來」字，「邊」字作「畔」。「性」字下多「兒」字，「越」字作「又」。於「摇碎」分段，較《詞緯》本多六字，今從《詞緯》訂正。「得」作平。

望月婆羅門引　七十六字　或無望月二字　又無引字

帳雲暮捲句漏聲不到小簾櫳韻銀潢夜洗晴空叶皓月當軒高掛句秋入廣寒宮叶正金波不動句桂影玲瓏叶　佳人未逢叶悵此夕豆與誰同叶對酒當歌追念句霜滿愁紅叶南樓何處句想人在豆横笛一聲中叶凝望眼豆立盡西風叶

唐教坊曲名。《羯鼓録》：太簇商，名《婆羅門》。《碧鷄漫志》云：唐明皇改《婆羅門引》爲《霓裳羽衣》，屬黄鐘商，時號越調。白樂天《高陽觀夜奏霓裳》詩云：「開元遺曲自淒涼，況近秋天調是商。」知其爲黄鐘商無疑。《詞名集解》云：婆羅門，古獅子國，東晉時通。唐葉法善引明皇入月宫，聞樂聲記其事，遂寫入笛。令涼州楊敬述進《婆羅門》曲，與其聲符，遂以月中所聞爲散序，用敬述所進爲腔，製爲《霓裳羽衣》之曲。今莆中逍遥樓上有唐人横書梵字，傳是霓裳譜。豈即敬述所獻，而此曲本出西域，故梵書耶？《唐書·樂志》載婆羅門國舞，宋隊舞亦有此名。原名有「望月」二字，《詞律》削去。唐《教坊記》本有此名，非誤寫也。今仍之。《梅苑》名《婆羅門》。《樂府雅詞》、《陽春白雪》皆爲楊如晦作。考如晦名景，而各譜皆以爲曹組作，未知孰是。與柳永《婆羅門令》不同，當參看。「未」字各家皆去聲。「悵」字，《陽春》作「漲」。「銀潢」二字，《雅詞》作「銀漢」，一本作「銀河」。「夜洗晴空」四字，一本作「淡掃澄空」。「玲瓏」二字，一本作「朦朧」。「悵」字，一本作「嘆」。「對酒當歌追念」句，一本作「望遠傷懷對景」。「愁」字，《雅詞》作「秋」。「横」字，一本作「長」，「望」字作「淚」。「悵」、「暮」、「漏」、「不」、「夜」、「皓」、「不」、「桂」、「此」可平。「銀」、「高」、「秋」、「佳」、「霜」、「南」、「何」可仄。

婆羅門 七十六字

無名氏

江南地暖句數枝先得嶺頭春韻分付似豆剪玉裁冰叶素質偏憐勻淡句羞煞壽陽人叶算多情留意句偏在東君叶　暗香旋生叶對淡月豆與黄昏叶寂寞誰家院宇句斜掩重門叶牆頭半開句卻望雕鞍無故人叶斷腸處豆容易飄零叶

見《梅苑》。原名《婆羅門》。

前段第三句七字，比曹作多一字。後段六句七字，比曹作少一字。

婆羅門引七十六字

郭清華席上爲放琴客而新有所盼賦以見喜　　吴文英

風漣亂翠句酒霏飄汗洗新妝韻幽情暗寄蓮房叶弄雪調冰重會句臨水暮追涼叶正碧雲不破句素月微行叶　雙成夜笙句斷舊曲句解明璫叶別有紅嬌粉潤句初試霓裳叶分蓬調郎叶又拈惹豆花茸碧唾香叶波暈切豆一盼秋光叶

後起句不叶韻，第六句叶，與曹作異。又一首於六句用平，注不叶。

又一體七十一字

叔經宣慰壽　　蕭　𣁽

誰人約數登臨韻看公鐘鼎何心叶鳳味東邊小築句桃李作高林叶道詩書教子句絶勝黄金叶千年尚禽叶肯隨世豆漫浮沉叶好在傳家棠樹句培壅清陰叶年高德劭句以一日豆春光一日深叶青鏡裡豆白髮休侵叶

前起一、二句六字，第四句五字，與曹作異。

按：𣁽字維斗，其先北海人。父仕秦中，遂爲元人。官集賢學士國子祭酒，謚貞敏。有《勤齋集》八卷，《元史》有傳。

相思會七十七字　一名千年調

人無百年人句剛作千年調韻待把門關鐵鑄句鬼見失笑叶多愁早老叶惹盡閒煩惱叶我醒也句枉勞心句謾計較叶　粗衣淡飯句贏取暖和飽叶住個宅兒句只要不大不小叶常教潔淨句不種閒花草叶據見定句樂平生句便是神仙了叶

《九宮大成》入北詞仙呂調隻曲。

見《樂府雅詞》。辛棄疾詞，以次句名《千年調》。《詞律》失收。此比辛詞結句多「便是」二字，蓋襯字也。前後第三句，或四或六字，可不拘。「老」字似偶合，非叶。「定」字一作「在」。

千年調七十五字

蔗庵小閣名曰卮言作此詞以嘲之　辛棄疾

卮酒向人時句和氣先傾倒韻最要然然可可句萬事稱好叶滑稽坐上句更對鴟夷笑叶寒與熱句總隨人句甘國老叶　少年使酒句出口人嫌喆叶此個和合道理句近日方曉叶學人言語句未會十分巧叶看他們句得人憐豆秦吉了叶

此以曹詞次句爲名，自是一調。結句比前少二字。

憶瑤姬 百三字 一名別素質

雨輕雲輕句花嬌玉軟句於中好個情性韻爭奈無緣相見句有分孤零叶香箋細寫頻相問叶我一句句兒都聽叶到如今豆不得同歡句伏惟與他耐靜叶 此事憑誰執證叶有樓前明月句窗外花影叶拚了一生煩惱句爲伊成病叶祇愁更把風流逞叶便因循誤人無定叶恁時節豆若要眼兒廝覷句除非會聖叶

調見《詞譜》。想以詞意爲名，與萬俟詠《別瑤姬慢》不同。《詞律》所收蔡伸、史達祖各一首，不惟平仄韻異，而字句亦不相侔。細按之與《別瑤姬慢》相彷，或是名同調異，抑誤寫調名，均未可知。今以蔡、史兩作附《別瑤姬》下，比另列爲允。《詞律》未收此體。

結句有訛字。「會聖」二字費解。

飲馬歌 三十四字

曹勛

此曲自金源傳至邊城。飲牛馬即橫笛吹之，不鼓不拍，聲甚悽斷。

邊城春未到韻雪滿交河道叶暮沙明殘照叶塞烽雲間小叶斷鴻悲句隴月低句淚濕征衣悄叶歲華老叶

以下十四調俱見《松隱集》。是自製曲，新立調名，他無作者。《詞律》俱未收。

《詞譜》云：「悲」、「低」二字，疑是閒押二平韻。然無他詞可校。

保壽樂 九十四字

和氣暖回元日句四海充庭琛貢至韻仗衛儼東朝句鬱鬱葱葱句響傳環珮叶鳳歷無窮句慶慈闈上壽句皇情與天俱喜叶念永錫難老句在昔難比叶　六宮嬪嬙羅綺叶奉聖德豆坤儀俱至叶簫韶動鈞奏句花似錦句廣筵啟叶同祝宴賞處句從教月明風細叶億載享温清句長生久視叶

周密天基聖節排當樂次，再坐第六盞觱篥獨吹商角調筵前《保壽樂》。此調當是在乾淳應製作。兩「至」字韻重叶。

賞松菊 九十四字

涼飈應律驚潮韻句曉對彩蟾如水韻慶佔蓂月句已祥開天地叶聖主中興大業句二南化豆恭勤輔翊叶撫宮闈句看儀型海宇句盡成和氣叶　禁掖西句瑤宴席叶泛天風豆響鈞韶空外叶貴是至尊母句極人間崇貴叶綏引長生麗曲句翠林正豆香傳瑞桂叶向靈華句奉光堯句同萬萬歲叶

此亦應製之作。

「翊」字、「席」字，皆用中原音韻，以入叶。

二色蓮 九十五字

鳳沼湛碧句蓮影明潔句清泛波面韻素肌鑑玉句烟臉暈紅深淺叶佔得薰風弄色句照醉眼豆梅妝相間叶堤上柳垂青障句飛塵儘教遮斷叶　重重翠荷淨句列向橫塘暖叶爭映芳草岸叶畫船朱槳句清曉最宜遥看叶似約鴛鴦並侣句又更與豆春鋤爲伴叶頻宴賞豆香成陣句瑶池任晚叶

《九宮大成》入南詞小石調正曲。

此詞即詠二色蓮，以本意爲名。

松梢月 九十七字

院静無聲韻天邊正豆皓月初上重城叶群木摇落句松路徑暖風輕叶喜挹蟾華當松頂句照謝閣豆細影縱橫叶策杖徐步句空明裡豆但襟袖皆清叶　恍如臨異境漾鳳沼豆岸闊波静魚驚叶氣入層漢句疑有素鶴飛鳴叶夜色徘徊遲宮漏句漸坐久豆露濕金莖叶未忍歸去句聞何處豆更吹笙叶

取詞中句意爲名。

《詞譜》於前段次句「正」字豆，後段次句於「闊」字句，亦當於「沼」字豆。前後相符，文意亦協。「群木摇落」、「氣入層漢」、「策杖徐步」、「未忍歸去」四句，皆仄仄平仄，不可易。「蟾華當松」、「徘徊遲宫」，皆連用四平。然「當」字、「遲」字亦可讀去聲，存參。

四檻花 九十七字

鴛瓦霜凝句獸爐烟冷句鎖窗漸明韻芙蓉紅暈減句疏篁曉風清叶睡覺猶眠句怯新寒句仍宿酒豆尚有餘酲叶擁閒衾句先記早梅糝糝句流水泠泠叶　須知歲月堪驚叶最難管豆霜華滿鏡生叶心地還自樂句誰能問枯榮叶一味情塵句指麾盡句人間世豆更没虧成叶惟蕭散豆貪眠外句且樂昇平叶

詞與調名不合。不知命意。

「漸」、「怯」、「指」三字，必用仄聲。

蜀溪春 九十九字

詠黄薔薇

蜀景風遲句浣花溪邊句誰種芬芳韻天與薔薇句露華匀臉句繁蕊競拂嬌黄叶枝上標韻別句渾不

染豆鉛粉紅妝叶念杜陵豆曾見時句也爲賦篇章叶　如今盛開禁掖句千萬朶鶯羽句先借朝陽叶待得君王句看花明艷句都道赭袍同光叶趁爲幕席句偏宜帶豆疏雨籠香叶佔上苑句留住春句奉玉觴叶

取詞中起結句爲名。

大椿百字

梅擁繁枝句香飄翠簾句鈞奏嚴陳華宴韻誠孝感南極句正老人星現叶垂眷東朝觀慶遠句享五福豆長樂金殿叶玆時壽協七旬句慶古今來稀見叶　慈顔緑髮看更新句玉色粹温句體力加健叶導引冲和氣句覺春生酒面叶龍章親獻龜臺祝句與中宫豆同誠歡忭叶憶萬斯年句當蓬萊豆海波清淺叶

當是乾淳時應製壽詞也，取《莊子》「大椿」爲名。

八音諧百字

芳景到横塘句官柳陰低覆句新過疏雨韻（《春草碧》首句至三句）望處藕花密句映烟汀沙渚叶（《望春

回》四句至五句）波静翠展琉璃句（《茅山逢故人》第六句）似佇立豆飄飄川上女叶（《迎春樂》第三句）弄曉色正鮮妝照影句（《飛雪滿群山》第十二句）幽香潛度叶　水閣薰風對萬株句共泛泛紅綠鬧花深處叶（《蘭陵王》第十四句至十七句）移棹採初開句嗅金纓留取叶趁時凝賞池邊句預後約豆淡雲低護叶（《孤鸞》十三句至十六句）未飲且憑闌句更待滿豆荷珠露叶（《眉嫵》末二句）

《九宮大成》入南詞高大石調隻曲。

《詞譜》云：調見《松隱集》。自注以八曲聲合成，故名。雖有其説，并無八曲之名。今細爲查核，分出八小牌名，歸入南詞高大石調隻曲，以補前人所未及。愚按：《茅山逢故人》係元人張雨製，《眉嫵》乃姜夔製。曹在北宋末，未必襲其詞句。張雨原詞第六句乃平平仄仄平平，亦不合。或另一調名。

六花飛 百一字

寅杓乍正句瑞雲開曉句罩紫霄宫殿韻聖孝虔恭句率宸庭冠劍叶上徽稱豆天明地察句奉玉簡豆璇曜金徽非常典叶仰吾君親被衮龍句當檻俯旒冕叶　中興聖天子句舜心溫清句示未嘗閒燕叶禮無前比句出淵衷深念叶贊木父豆金母至樂句萬億載豆日月榮光俱歡忭叶喜春風羅綺句管絃開壽宴叶

此亦應製詞也。

清風滿桂樓百一字

涼飈霽雨韻萬葉吟秋句團圞翠深紅聚叶芳桂月中來句應是染豆仙禽頂砂勻注叶晴光助絳色句更都潤豆丹霄風露叶連朝看豆枝開粟粟句巧裁霞縷叶　烟姿照瓊宇叶上苑移時句根連海山佳處叶回看碧岩邊句薇露過豆殘黃韻低塵污叶詩人漫自許叶道曾向豆蟾宮折取叶斜枝戴豆惟稱瑶池伴侣叶

取詞意爲名。

「許」字未必是叶。

杏花天慢百三字

桃蕊初謝句雙燕來後句枝上嫩苞時節韻絳萼滋浩露句照晚景豆裁剪冰綃標格叶烟傳靚質叶似淡拂豆妝成香頰叶看暖日句催吐繁英句佔斷上林風月叶　壇邊曾見數枝句算應是真仙句故留春色叶頓覺偏造化句且任他豆桃李成蹊誰説叶晴霽易雪叶待等飲豆清賞無歇叶更愛惜句留引鶗鴂句未再折叶

此與《杏花天》小令無涉。

索酒 百四字

乍喜惠風初到句上林紅翠句競開時候韻四吹花香撲鼻句露裁烟染句天地如綉叶漸覺南薰句總冰綃豆紗扇避煩晝叶共游涼亭消暑句細酌輕謳須酒叶　江楓裝錦雁横秋句正皓月瑩空句翠闌侵斗叶況素商霜曉句對徑菊豆金玉芙蓉争秀叶萬里彤雲句散飛霙豆爐中焰紅獸叶更須點水旁邊句最宜着酒叶

自注：四時景物須酒之意。自度曲。愚按：毛滂詞有「指點銀瓶索酒嘗」句，想取此意爲名。

倚欄人 百八字

清明池館句芳菲漸晚句晴香滿架籠永晝韻翠擁柔條句玉鋪繁蕊句裊裊舞低襟袖叶秀蓓凝浩露句疑掛六銖衣縐叶檀點芳心句韻熏清馥句粉容宜撚春風手叶　肯與芝蘭共嗅叶洞户花句別是素芳依舊叶剪取長梢句青蛟噴雪句挽住曉雲争秀叶樓上人未去句常恐風欺雨瘦叶紅綃收取句舉觴猶喜句窨得醺醺酒叶

此與《憑闌入》無涉，當是詠白酴醾作。

以上十四調俱見本集内，《詞律》皆失收。

折丹桂五十字

送人應舉　　王之道

風漪欲皺春江碧韻我寄江城北叶子今東去赴春官句挽不住摶風翼叶　修程好近天池息叶何處堪留客叶預知仙籍桂香浮句語祝史豆休佔墨叶

調見《相山詞》。取詞意爲名，與《步蟾宫》别名《折丹桂》及《天香引》之别名《折桂令》、《百字折桂令》皆無涉。與《四犯令》相似。《詞律》未收。

憶東坡九十八字

雪霽柳舒容句日薄梅摇影韻新歲换符來天上句初見頒桃梗叶試問我酬君唱句何如博塞歡娱句百萬呼盧勝叶投珠報玉句放騷人遺春興叶　詩成談笑句寫出無窮景叶不妨時作顛草句馳騁張芝聖叶誰念杜陵野老句心同流水西東句與物初無競叶公侯應有種哉句傾否由天命叶

亦見《相山詞》。蓋憶東坡自度曲也，即以爲名。《詞律》不載。

蒼梧謠 十六字 一名歸字謠 十六字令

蔡伸

天韻休使圓蟾照客眠叶人何在句桂影自嬋娟叶

仙吕調。一名《十六字令》。因張孝祥詞數首皆以歸字爲起句，故名《歸字謠》，與《歸自謠》無涉。《汲古》名《歸梧謠》，誤。或謂三字起句者爲《十六字令》，一字起者爲《蒼梧謠》，又有以五字爲句者，皆誤。蓋因舊譜收周晴川作，首句「眠」字誤刻爲「明」字，遂連下句讀而傳訛耳。周晴川名玉晨，邦彦從孫，元人。《汲古》本收入周邦彦作，更誤。「桂」可平。「休」可仄。

西地錦 四十六字

寂寞悲秋懷抱韻掩重門悄悄叶清風皓月句朱闌畫閣句雙鴛池沼叶　不忍今宵重到叶惹離愁多少叶蓬山路杳句藍橋信阻句黄花空老叶

高拭詞注黄鐘宫。

兩次句是一領四字句法。

又一體四十七字　　無名氏

不與群花相續韻獨佔春光速叶幽香遠遠散西東句惟竹籬茅屋叶　羌管誰調一曲叶送月夜豆猶芬馥叶忍君折取向玉堂句隻這些清福叶

高拭詞注黄鐘宫，《九宫大成》入南詞黄鐘宫正曲，與本宫引不同。見《梅苑》。前結句與後段同，後段次句兩三字，與各家異。

又一體四十七字　　無名氏

嶺上初消殘雪韻有梅花先折叶東君造化多成翠句巧風韻奇絶叶　小院黄昏時節叶暗香浮豆疏影横斜句寄取和羹未晚句卻免教攀折叶

亦見《梅苑》。前結難以句讀。後段次句不應失叶，應有訛脱。三句六字，與各家異。

又一體四十六字　　周紫芝

雨細欲收還滴韻滿一庭秋色叶闌干獨倚句無人共説句這些愁寂叶　手把玉郎書蹟叶怎不教

人憶叶看看又是黃昏也句斂眉峰輕碧叶

後段用一七、一五字，與蔡作異。亦破句法也。「一」字，「不」字，各家皆用平，或上、入聲。此詞是以入作平，作者切勿用去聲。「欲」、「這」、「玉」可平。「看」平聲。

又一體四十八字　　石孝友

回望玉樓金闕韻正水遮山隔叶風兒又起句雨兒又急句好愁人天色叶兩岸荻花楓葉叶爭舞紅吹白叶中秋過也句重陽近也句作天涯孤客叶

兩結各五字，餘同蔡作。「急」字《汲古》作「煞」，「孤」字作「行」。

侍香金童六十四字

寶馬行春句緩轡隨油壁韻念一瞬豆韶光堪重惜叶還是去年同醉日叶客裡情懷句倍添悽惻叶記南城錦徑句名園曾遍歷叶更柳下豆人家似織叶此際憑闌愁脈脈叶滿目江山句暮雲空碧叶

《天寶遺事》云：王元寶常於寢帳前雕矮童二人，捧七寶博山爐，自暝焚香徹曉。調名或取此。金詞注黃鐘宮，又黃鐘調。《九宮大成》入北詞商角隻曲，與黃鐘調不同。「重」、「倍」、「錦」、「遍」、「似」、「暮」等字必去聲，勿誤。各家多用入聲韻。「去」、「客」可平。「還」、「南」可仄，

「重」去聲。

又一體 六十四字

趙長卿

一種春光句佔斷東君惜韻算穠李豆昭華争並得叶粉膩酥融嬌欲滴叶端的樽前句舊曾相識叶向夜闌酒醒句霜濃寒又力叶但只與豆冰姿添夜色叶綉幕銀屏人寂寂叶只許劉郎句暗傳消息叶

《詞律》較各譜多「只」字，謂蔡詞此句「人家」下，疑落一字。愚按：此句本應七字，此詞「算」字、「只」字，蔡詞「念」字，梁詞「想」字，或是襯字。故各家前後參差耳。「昭」字一本作「韶」，「幕」字作「帶」，今從《汲古》本。

又一體 六十四字

梁寅

寶臺蒙綉句瑞獸高三尺韻玉殿無風烟自直叶迤邐傳杯盈綺席叶苒苒菲菲句斷處凝碧叶是龍涎鳳髓句惱人情意極叶想韓壽豆風流應暗識叶去似彩雲無處覓叶惟有多情句袖中留得叶

愚按：元梁寅，新喻人，著有《周易參義》等書。此詞見《樂府雅詞》。書成於紹興初，當另是一人。前段第三句七字，比前兩作少一字。餘同。「傳杯」二字，原本作「傍懷」。

扁舟尋舊約 百七字　一名飛雪滿群山

冰結金壺句寒生羅幕句夜闌霜月侵門韻翠筠敲竹句疏梅弄影句數聲雁過南雲叶酒醒欹粲枕句愴然猶有句殘妝淚痕叶綉衾孤擁句餘香未減句猶是那時熏叶　長記得豆扁舟尋舊約句聽小窗風雨句燈火黄昏叶錦茵纔展句瓊籤報曙句寶釵又是輕分叶黯然攜手處句倚朱箔豆愁凝黛顰叶夢回雲散句山遥水遠空斷魂叶

《九宫大成》入南詞黄鍾宫正曲，亦名《飛雪滿群山》。取换頭句爲名，是自度腔。「殘妝淚痕」句，「愁凝黛顰」句，俱用平平去平。「空斷魂」三字用平去平，是此調着眼處，勿誤。「黯」字下，《詞律》落「然」字。據各家當衍，宜從《汲古》。

又一體 百七字

絶代佳人句幽居空谷句綺窗森玉猗猗韻小舟雙槳句重尋舊約句洞房宛是當時叶夜闌紅燭暗句黯相對豆渾如夢裡换仄叶旋烘鴛錦句塵生綉帳句香減縷金衣叶　須信有豆盟言同皎日句□利牽名役句事與君違平叶君已許□句今生來世句兩情到此奚疑平叶彩鸞須鳳友句算何日豆丹山共歸平叶未酬深願句綿綿此恨無盡期叶

「裡」字以仄叶平，與前異。《詞律》失收此體。

通體平韻，獨叶一仄韻。仇遠《愛月夜眠遲慢》，亦用此格。

飛雪滿群山 百六字

喜雪次趙西里韻　　張　榘

愛日烘晴句梅梢春動句曉窗客夢方還韻江天萬里句高低烟樹句四望猶擁螺鬟叶是誰邀滕六句釀薄暮豆同雲沍寒叶卻原來是句鈴閣雲蒸句俄忽老青山叶　都盡道豆來年須更好句無緣農事句雨澀風慳句鵝池夜半句銜枚飛渡句看樽俎折衝間叶儘清游談笑句瓊花露豆杯深量寬叶功名做了句雲臺寫作圖畫看叶

《汲古》「群」字作「堆」。此與《扁舟尋舊約》確是一調，題云「次趙西里韻」，是趙西里所改名。西里，不知何許人，其名未詳。

後段次句少一字。「鈴閣」句及「滕」字、「談」字平仄異。「曉」字，一本作「晚」，下有「薄暮」二字，當作「曉」。「雲蒸」二字，《汲古》、《詞律》作「露薰」，「來年」二字作「年來」，「枚」字作「梅」，「清游」二字作「清油」，皆大誤。今從《歷代詩餘》訂正。

蘇武慢 百十一字

雁落平沙句烟籠寒水句古壘鳴笳聲斷韻青山隱隱句敗葉蕭蕭句天際暝鴉零亂叶樓上黃昏句片帆千里歸程句年華將晚叶望碧雲空暮句佳人何處句夢魂俱遠叶　憶舊游豆邃館朱扉句小園香徑句尚想桃花人面叶書盈錦軸句恨滿金徽句難寫寸心幽怨叶兩地離愁句一樽芳酒淒涼句危闌倚遍叶儘遲留豆憑仗西風句吹乾淚眼叶

原名《蘇武慢》，不解命意。與周邦彥《選冠子》字數雖同，前後第七、八、九句及結尾句法不合。比張景修作少二字，與魯逸仲《借餘春慢》亦不同。似非一調，故分列。說詳《選冠子》下。吳文英名《過秦樓》，陳允平一首亦名《蘇武慢》，皆與此同。只陳結尾作「雙鸞下、長生殿裡，賜薔薇酒」，平仄微異。

又一體 百七字

呂渭老

雨濕花房句風斜燕子句池閣晝長春晚韻檀盤戰象句寶局鋪棋句籌畫未分還懶句誰念少年叶齒怯梅酸句病疏霞盞叶正青錢遮路句綠絲照水句倦尋歌扇叶　空記得豆小閣題名句紅箋親製句燈火夜深裁剪叶明眸似水句妙語如絃句不覺曉霜鷄喚叶聞道近來句箏譜慵看句金鋪長掩叶瘦一枝梅影句回首江南路遠叶

《汲古》名《選冠子》，實與《選冠子》不符，似非一調。《汲古》刻誤。前後段第七、八句各四字，比蔡作亦少四字。「照」字，《汲古》作「明」，「親」字作「青」。

又一體百十三字

唐西安湖　陸游

淡靄空濛句輕陰清潤句綺陌細塵初静韻平橋繫馬句畫閣移舟句湖水倒空如鏡叶掠岸飛花句傍檐新燕句都是學人無定叶嘆連年戎帳句經春邊壘句暗凋顏鬢叶　空記憶豆杜曲池臺句新豐歌管句怎得故人音信叶羈懷易感句老伴無多句談塵久閒犀柄叶惟有翛然句筆牀茶竈句自適筍輿烟艇叶待緑荷遮岸句紅蕖浮水句更乘幽興叶

比蔡作結尾多二字，第七、八、九句亦不同。與魯詞字數雖同，句法不合。侯真作與此同。

又一體百十三字

和馮尊師　虞集

放棹滄浪句落霞殘照句聊倚岸迴山轉韻乘雁雙鳧句斷蘆漂葦句身在畫圖秋晚叶雨送灘聲句風摇燭影句深夜尚披吟卷叶算離情豆何必天涯句咫尺路遥人遠叶　空自笑豆洛下書生叶襄陽

耆舊句夢底幾時曾見叶老矣浮丘句賦詩明月句千仞碧天長劍叶雪霽瓊樓句春生瑶席句容我故山高宴叶待鷄鳴豆日出羅浮句飛渡海波清淺叶

兩結一三、一四、一六字，與各家微異。

又一體百十四字

至正八年夏和虞道園　張雨

清露晨流句新桐初引句消受北窗涼曉韻經卷熏爐句筆牀茶具句長他恁地圍繞叶老子無情句年光有限句只似木人花鳥叶擬凝雲豆數朵奇峰句曾見漢唐池沼叶　還自笑叶待老學蟲魚句金題玉躞句書裡也容身了叶阿對泉頭句布衣無恙句佔斷雨苔風篠叶獨鶴歸來句西山缺處句掠過亂鴉林表叶舞琴心三疊胎仙句坐到月高山小叶

後起「笑」字叶韻，多「待」字，與各家異，是襯字也。「擬」字，一作「指」，「也」字作「便」，「雨」字作「露」，「來」字作「遲」，「月高山小」四字作「天高月小」。今從鮑刻《貞居詞》。

又一體百十二字　朱晞顔

枕海山橫句陵江潮去句雉堞秋風殘照韻韻尋桂子句試聽菱歌句湖上晚來涼好叶幾處蘭舟句採

蓮游女句歸去隔花相惱叶奈長安不見句劉郎已老句暗傷懷抱叶　誰信得句舊日風流句如今憔悴句換卻五陵年少叶逢花心冷句避酒杯深句常是懶歌慵笑叶正天威句掃平狂寇句整頓乾坤都□叶共赤松攜手句重期明月句再游蓬島叶

後段第八句三字，比各家少一字。此誤筆，勿從。

按晞顏字景淵，長興人。有《瓠泉吟稿》五卷詞。吳澄集有晞顏父文進墓表云：晞顏能詩文而爲良吏。不詳何官。以集中詩考之，則初以習國書被選，爲平陽州蒙古掾，又爲長林丞司煮鹽賦，又爲江西瑞州監稅。又云：代有兩朱晞顏。作鯨背吟者，别是一人。

詞繫卷二十

宋

別怨六十三字

霜寒　　　　　　　　趙長卿

驕馬頻嘶韻曉霜濃豆寒色侵衣叶鳳幃私語處句翻成別怨不勝悲叶更與叮嚀囑後期叶　素約諧心事句重來了豆比看相思叶如何見得句明年春事濃時叶穩乘金騕褭句來爛醉豆玉東西叶

此以第四句立名。「別」字，《汲古》、《詞律》作「離」，誤。

輥綉球六十四字

和康伯可韻

流水奏鳴琴句風月淨豆天無星斗韻翠嵐堆裡句蒼巖深處句滿林霜膩句暗香凍了句那禁頻嗅叶

馬上再三回首叶因記省去年時候叶十分全似句那人風韻句柔腰弄影句冰腮退粉句做成清瘦叶

《九宮大成》入南詞大石調引，又入北詞高宮隻曲。「輥」作「滾」。

原題《次康伯可韻》。《順齋樂府》無此詞。《汲古》、《詞律》缺「粉」字，據《詞緯》本補正。「清」字，《詞律》作「消」。

有有令 八十一字

歲殘

前山滅翠韻疏竹度輕風句日移金影碎叶還又年華暮句看看是豆新春至叶那更堪豆有個人人句似花似玉句溫柔伶俐叶　準擬叶恩情忔戲叶拈弄上豆則人難比叶我也埋根豎柱句你也爭些氣叶大家一搽頭地叶美中更美叶廝守定豆共伊百歲叶

此調僅見此詞，各譜不收，但立調名，不得不録以備格。《詞律》云：此等俳詞爲北曲之先聲矣。餘詳《凡例》。

簇水 八十五字

長憶當初句是他見我心先有韻一鈎纔下句便引得豆魚兒開口叶好事重門深院句寂寞黃昏後叶廝覷着豆一面兒酒叶　試擱就叶便把我豆得人意處句閔子裡豆施纖手叶雲情雨意句似十二豆

巫山舊叶更向枕前言約句許我長相守叶歡人也豆猶自眉頭皺叶

此亦俳體，各譜亦不收，不解命名之意。「撋」，如專切。「閔」或作「冥」，亦作「酩」，猶言暗地裡也。《西廂》、《琵琶記》皆用之。《詞律》疑「舊」字上當有「依」字，「歡」字恐是「勸」字，或是「嘆」字之訛。

瀟湘夜雨九十七字

燈詞

斜點銀缸句高擎蓮炬句夜寒不耐微風韻重重簾幕句掩映畫堂中叶香漸遠豆長烟裊穗句光不定豆寒影搖紅叶偏奇處句當庭月暗句吐焰亘如虹叶　紅裳呈艷麗句翠蛾一見句無奈狂踪叶試煩他纖手句捲上紗籠叶開正好豆銀花照夜句堆不盡豆金粟凝空叶叮嚀語句頻將好事句來報主人公叶

此《瀟湘夜雨》正調，與周紫芝《滿庭芳》之別名不同，故分列。前後第六句各七字，比《滿庭芳》多二字。後段次句少一字，決非一調。《詞匯》誤刻。《汲古》缺「映」、「畫」、「亘」三字。

傾杯令五十二字　　呂渭老

楓葉飄紅句蓮房浥露句枕席嫩涼先到韻簾外蟾華如掃叶枝上啼鴉催曉叶　秋風又送潘郎

老叶小窗明豆疏螢淺照叶登高送遠惆悵句白髮新愁未了叶

《詞名續解》云：一名《雙雁子》，與《傾杯樂》、《傾杯近》不同。説詳《傾杯樂》下。「浥」字，《汲古》作「肥」，「上」字作「坐」，「新愁」二字作「至今」。「螢淺」二字，葉《譜》作「紅殘」，據戈本改正。

握金釵 六十四字 握一作戛

風日困花枝句晴蜂自相趁韻晚來紅淺香盡叶整頓腰肢暈殘粉叶絃上語句夢中人句天外信叶 青杏已成雙句新樽薦櫻笋叶爲誰一和銷損叶數着歸期又不穩叶春去也句怎當他句清晝永叶

《九宫大成》入南詞小石調正曲，許《譜》同。「握」，《梅苑》作「戛」。「自相趁」、「暈殘粉」、「薦櫻笋」、「又不（作平）穩」，俱用去平上。吕别作同，宜從勿誤。「夢」字，葉《譜》作「意」，「歸」字，《汲古》作「佳」。「整」可平。「風」可仄。「一」、「不」作平。「和」去聲。

又一體 六十四字

無名氏

梅蕊破春寒句春來何太早韻輕傅粉豆向人先笑叶比並年時較些少叶愁底事句十分清瘦

了叶　影静野塘空句香寒霜月曉叶豐韻減豆酒醒花老叶可煞多情要人道叶疏竹外句一枝斜更好叶

見《梅苑》，名《戛金釵》，不著撰人名氏。前後段第三句七字，兩結各一三、一五字，與呂作異。

醉思仙 八十七字

斷人腸韻正西樓獨上句愁倚斜陽叶稱鴛鴦鸂鶒句兩兩池塘叶春又老句人何處句怎慣不思量叶到如今句瘦損我句又還無計禁當叶　小院呼盧夜句當時醉倒殘缸叶被天風吹散句鳳翼難雙叶南窗雨句西窗月句尚未拂天香叶聽鶯聲句悄記得句那時舞板歌梁叶

《汲古》、《詞律》作呂渭老。

「西窗」，《汲古》作「西樓」。「尚未」下，《汲古》、《詞律》有「散」字，疑多一字。戈本無。據前段「怎慣」句亦五字，孫作此處兩句皆六字。此詞不應前後互異。凡詞當以他作考證，不得專以前後段比較。獨此詞萬氏又不比較前段，何也？「稱」去聲。

又一體 八十九字

孫氏 鄭文妻

霽霞紅韻看山迷暮景句烟暗孤松叶動翩翩風袂句翻若驚鴻叶心似鑒句鬢如雲句弄清影句月明

中叶謾悲涼句歲冉冉句蕣華潛改衰容叶　前事銷凝久句十年光景匆匆叶念雲軒一夢句回首春空叶彩鳳遠句玉簫寒句夜悄悄句恨無窮叶嘆黄塵句久埋玉句斷腸灑淚東風叶

一本於「月明中」分段，誤。照吕作當於「衰容」句分段。「弄清影」二句，「夜悄悄」二句，分兩句，各六字，比吕作各多一字。餘同。

戀香衾 九十三字

記得花陰同攜手句指定日豆許我同歡韻喚做真成句耳熱心安叶打疊從來不成器句待做個豆平地神仙叶又卻不成些事句驀地驚殘叶　據我如今没投奔句見着你豆淚早偷彈叶對月臨風句一味埋冤叶笑則人前不妨笑句行笑裡豆斗覺心煩叶怎生分得煩惱句兩處匀攤叶

金詞注仙吕調，《九宫大成》入北詞仙吕調隻曲。

此與《戀綉衾》無涉。無他作者，自是創調。此體分四段，上兩七字句，下一八字、一十字、四七字句。俱用仄仄平平平平仄，不可易。兩「不」字、「没」字皆以入作平，勿誤。《汲古》、《詞律》原缺「耳」字、「生」字。「驚」字作「心」，據《詞譜》改正。

二「不」皆作平。

東風第一枝 九十八字

詠梅

老樹渾苔句橫枝未葉句青春肯誤芳約韻背陰未返冰魂句陽梢已含紅萼叶佳人寒怯句誰驚起豆曉來梳掠叶是月斜窗外棲禽句霜冷竹間幽鶴叶　雲淡淡句粉痕漸薄叶風細細句凍香又落叶叩門喜伴金樽句倚闌怕聽畫角叶依稀夢裡句半面淺窺珠箔叶甚時重寫鸞箋句去訪舊游東閣叶

《九宮大成》入南詞大石調引。

此調《聖求詞》不載。蔡伸《鷓鴣天》詞注云：客有作北里選勝圖，冠以曲子名，《東風第一枝》，褎然居首。因作此詞。

毛晉跋云：呂聖求名渭老，或云濱老，有聲宣和間。其《詠梅》詞，調寄《東風第一枝》，先輩與坡仙《西江月》並稱。茲集中不載，不知何故。「背」、「已」、「竹」、「淡淡」、「細細」、「叩」、「怕」、「舊」等字皆仄聲，勿誤。「起」、「曉」、「喜」、「夢」可平。「梢」、「紅」、「驚」、「斜」、「霜」、「重」可仄。「聽」平聲。

又一體 九十九字

無名氏

溪側風回句前村霧散句寒梅一枝初綻韻雪艷凝酥句冰肌瑩玉句嫩條細軟叶歌臺舞榭句似萬斛豆珠璣飄散叶異衆芳豆獨佔東風句第一點裝瓊苑叶　青萼點豆絳唇疏影句瀟灑噴豆紫檀龍麝句

也知青女嬌羞句壽陽懶勻粉面叶江梅臘盡句武陵人豆應知春晚叶最苦是豆皎月臨風句畫樓一聲羌管叶

見《梅苑》。前段第四、五、六句各四字，破六爲四也，與呂作異。後段六句七字，兩結皆一三、一四、一六字，與前段合。呂詞應落一字。後起二句不叶韻，恐有誤。

又一體百字

壬戌立春日訪梅溪雨中同賦　高觀國

燒色回青句冰痕綻白句嬌雲先釀酥雨韻縱寒不壓葭塵句應時已鞭黛土叶東君入夜句怕預惱豆詩邊心緒叶意轉新句無奈吟魂句醉裡已題春句叶　香夢醒豆幾花暗吐叶綠睡起豆幾絲偷舞叶酒醅清惜同斟句菜甲嫩憐細縷叶玉籖彩勝句願歲歲豆春風相遇叶要等得豆明日新晴句第一待尋芳去叶

兩六句、兩結前後整齊，比呂作多二字。宋人多從此體。「酒」作去。

又一體九十九字

情　　吳文英

傾國傾城句非花非霧韻春風十里獨步叶勝如西子妖嬈句更比太真淡泞叶鉛華不御叶漫道有豆巫山洛浦叶似恁地豆標格無雙句鎮鎖畫樓深處叶　曾被風豆容易送去叶曾被月豆等閒留住叶似花翻使花羞句似柳任從柳妬叶不教歌舞叶恐化彩雲輕舉叶信下蔡豆陽城俱迷句看取宋玉詞賦叶

「霧」字叶韻，或係偶合。「御」、「舞」二字叶，與前異。「傾」字、「花」字、「城」字不宜用平。「易」字仄，「留」字平。高別作亦然，可不拘。《詞律》誤注。「恐化」句六字，與呂作同。

又一體九十八字

玉簪　　張雨

清淚如鉛句緑房迎曉句寶階低擁雲葉韻蜻蜓飛上搔頭句依前艷香未歇叶西窗暗雨句怪簾底豆參差涼月叶正一叢豆深倚琅玕句石上只愁磨折叶　問瑤草豆應憐短髮叶曾醉墮豆無聲膩滑叶羞他金雀銅蟬句似水仙羅襪叶芳心斷絕句誰與贈豆湘皐瓊玦叶試折花豆擲作銀橋句看舞鸞迴

雪叶

後段起處不作對偶語。第四句結句各五字，比各家少二字，恐有遺脱。

情久長 百三字　或作情長久

鎖窗夜永句無聊盡作傷心句韻甚近日豆帶腰移眼句梨臉揮雨叶春心償未足句怎忍聽豆啼血催歸杜宇叶暮帆掛句沉沉暝色句滚滚長江句流不盡豆來無據叶　點檢風光句歲月今如許叶趁此際豆浦花汀草句一棹東去叶雲窗霧閣句洞天曉豆同作烟霞伴侣叶算誰見豆梅簾醉夢句柳陌晴游句應未許豆春知處叶

此調吕凡二首，無別作可校，想是創調，平仄照注。起句四字，次句七字。《詞律》於「聊」字句，非。「腰」字，《汲古》作「紅」，「揮」字作「撣」，亦誤。「雲窗」句，《詞律》加一□，其別作，此句作「想伊睡起」，與此同，有何脱誤？「棹」字，別作用平，可不拘。萬氏既見別作，何致謬誤如此。所據之本亦不精確，「雨」字別作「墜」字，誤作「逐」，又議改倒，無謂之至。「鎖」可平。「天」可仄。

西江月慢 百三字

春風淡淡句清晝永豆落英千尺韻桃杏散平郊句晴蜂來往句妙香飄擲叶傍畫橋豆煮酒青簾句綠楊

風外句數聲長笛叶記去年豆紫陌朱門句花下舊相識叶　向寶帕裁書憑燕翼叶望翠閣豆烟林似織叶聞道春衣猶未整句過禁烟寒食叶但記取豆角枕題情句東窗休誤句這些端的叶更莫待豆青子緑陰春事寂叶

此與《西江月》小令無涉，當另列。他無作者。

「舊」字必去聲。「題情」，《詞律》作「情題」。「紫」字，葉《譜》作「柳」，俱刻誤。

百宜嬌百四字

隙月垂蓖句亂蛩催織句秋晚嫩涼庭户韻燕拂簾旌句鼠窺窗網句寂寂飛螢來去叶金鋪鎮掩句漫記得豆花時南浦叶約重陽豆萸糁菊英句小樓遥夜歌舞叶　銀燭暗豆佳期細數叶簾幕漸西風句午窗秋雨叶葉底翻紅句水面皺碧句燈火裁縫砧杵叶登高望極句正霧鎖豆官槐歸路叶定須將豆寶馬鈿車句訪吹簫侶叶

此爲《百宜嬌》正調，與《眉嫵》别名不同。《詞律》云微似《氐州第一》，非也。末句中二字連，如《水龍吟》之結句體，勿誤。「庭」字。《汲古》、《詞律》作「房」。「定須」下，《汲古》多「相」字，俱誤，今改正。「午」字，葉《譜》作「半」，「鎖」字作「暗」。

雙雁兒五十二字

除夕　楊无咎

窮陰急景暗催遷韻減緑鬢損朱顔叶利名牽役幾時閒叶又還驚豆一歲圓叶　勸君今夕不須眠叶且滿滿句泛觥船叶大家沉醉對芳筵句願新年豆勝舊年叶

《中原音韻》注雙調，《九宫大成》入北詞商角隻曲。「雁」一作「燕」。又入北詞仙吕調隻曲。此與《醉紅妝》相似，《詞律》遂合爲一調，但平仄差異。舊譜注一名《雙燕兒》，「兒」又作「子」。愚按：張先有《雙燕兒》，與此迥别。皆因名同牽混，未嘗細考。各調中似此者甚多，紛紜錯亂，今皆校對訂正。

鋸解令五十二字

送人歸後酒醒時句睡不穩豆衾翻翠縷韻應將别淚灑西風句盡化作豆斷腸夜雨叶　卸帆浦溆叶一種悽惶兩處叶尋思卻是我無情句便不解豆寄將夢去叶

他無作者。「翠」、「夜」、「兩」、「夢」四字必仄聲，勿誤。用去更妙。

天下樂 五十四字

雪後雨兒雨後雪韻鎮日價豆長一歇叶今番爲寒忒太切叶和天地豆也來廝彆叶　睡不着豆身心自暗攧叶這況味豆憑誰説叶枕衾冷得渾似鐵叶祇心頭豆些兒熱叶

唐教坊曲名。《詞譜》注仙吕宫，《九宫大成》：五十八字者入南詞仙吕宫正曲，與二十八字者入仙吕宫引不同。

「樂」一作「歡」，又入北詞仙吕調隻曲。

「一」字，《汲古》、《詞律》作「不」，「彆」字作「鱉」，「況味」上，缺「這」字，「兒」字作「個」。據《詞律訂》改正。

卓牌兒 五十六字　兒或作子

中秋次田不伐韻

西樓天將晚韻流素月豆寒光正滿叶樓上笑揖姮娥句似看羅襪塵生句鬢雲風亂叶　珠簾終夕捲叶拚不寐豆闌干憑暖叶好在影落清樽句冷侵香幄句歡餘未教人散叶

黄昇云：五十八字者，始楊无咎。「兒」一作「子」。

與《卓牌兒慢》無涉，故另列。愚按：原題《次田不伐韻》，是田所製無疑。惜《田中行集》見周邦彦詞注，又有《洋嘔集》見張翥詞題，久已遺佚，無從考證。花菴所云「五十八字」，今只五十六字，豈别有一體歟，抑誤寫歟？「正」、「鬢」、「憑」、「未」四字必去聲，勿誤。

瑞雲濃 七十五字

睽離漫久句年華誰信曾換韻依舊當時似花面叶幽歡小會句記永夜豆杯行無算叶醉裡屢忘歸句任虛檐月轉叶　能變新聲句隨語意豆悲歡感怨叶可更餘音寄羌管叶倦游江浙句問似伊豆阿誰曾見叶度已無腸句爲伊可斷叶

《九宮大成》入南詞，黄鐘宫引。「雲」一作「烟」。

與《瑞雪濃慢》無涉。僅見此首，想是創製。詞意與調名不合，不識何所取意。

倒垂柳 八十一字

重九日

曉來烟霧重句爲重陽句增勝致韻記一年好處句無似此天氣叶東籬白衣至句南陌芳筵啟叶風流曾未遠句登臨都在眼底叶　人生如寄叶漫把茱萸看子細叶擊節聽高歌句痛飲莫辭醉叶烏帽任教句顛倒風裡墜叶黄花明日句縱好無情味叶

唐教坊曲名。此調無他作者。楊第二首三、四兩句作一六、一四字。「霧」字，《汲古》作「露」。「處」字，葉《譜》作「景」。「白」、「眼」、「帽」、「裡」可平。「增」、「衣」、「生」可仄。

陽春百四字　或加曲字

蕙風輕句鶯語巧句應喜乍離幽谷韻飛過北窗前句迎晴曉豆麗日明透翠幃縠叶篆臺芬馥叶初睡起豆橫斜簪玉叶因甚自覺腰肢瘦句新來又寬裙幅叶　對清鏡無心句忺梳裹句誰問著豆餘醒帶宿叶尋思前歡往事句似驚回豆好夢難續叶花亭偏倚檻曲叶厭滿眼豆爭春凡木叶儘憔悴豆過了清明候句愁紅慘緑叶

《樂府遺聲》云：唐吳象之撰《陽春歌》。唐李白有《陽春歌》，温庭筠、莊南傑。貫休有《陽春曲》。《詞名集解》云：沈約《江南弄》有《陽春曲》或無「曲」字。本名《喜春來》，史達祖詞加「曲」字。

篇中平仄皆不可忽。「忺」字，《汲古》、《詞律》作「欣」，誤。

陽春曲百五字　史達祖

杏花烟句梨花雨句誰與暈開春色韻坊巷曉愔愔句東風斷豆舊火銷處近寒食叶少年蹤跡叶愁暗隔豆水南山北叶還是寶絡雕鞍句被鶯聲豆喚來香陌叶　記飛蓋西園句寒猶凝結叶驚醉耳豆誰家夜笛叶燈前重簾不掛句殢華裾豆粉痕曾拭叶如今故里信息叶賴海燕豆年時相識叶奈芳草豆正鎖江南夢句春衫怨碧叶

平仄一如前體。字字相協，惟前結一六、一七字，後起一五、一四字，與前異。「雨」字，《汲古》作「月」，「痕」字作「淚」。

白雪九十五字

雪

檐收雨腳句雲乍斂豆依然又滿長空韻紋蠟熖低句熏爐燼冷句寒衾擁盡重重叶隔簾櫳叶聽撩亂豆撲漉春蟲叶曉來見豆玉樓珠殿句恍若在蟾宮叶　長愛越水泛舟句藍關立馬畫圖中叶悵望幾多詩思句無句可形容叶誰與問豆已經三白句或是報年豐叶未應真個情多句老卻天公叶

《白雪琴曲》，琴集商調曲。《詞譜》云：唐顯慶二年，太常言《白雪琴曲》，可以合歌。此楊无咎自製曲，以題名調。《唐書・樂志》云：《白雪》，周曲也。貫休有《白雪歌》，或云楚曲也。《博物志》云：《白雪》，是黃帝使素女鼓五十絃瑟曲名。

結尾一本作「埽除陰翳，惟祈紅日生東」。《詞律》欲移結尾句於前結，無理之至。「然」字，《汲古》作「舊」，據《花草粹編》改。「思」字，《詞律》缺，《歷代詩餘》作「意」，據《詞譜》改。「春蟲」，葉《譜》作「青蟲」。

曲江秋百一字

香消燼歇韻換沉水重燃句熏爐猶熱叶銀漢墜懷句冰輪轉影句冷光浸毛髮叶隨分且宴設叶小槽

酒句真珠滑叶漸覺夜闌句烏紗露濡句畫簾風揭叶　清絶叶輕紈弄月叶緩歌處豆眉山怨疊叶持杯須我醉句香紅映頰句雙腕凝霜雪叶飲散晚歸來句花梢指點流螢滅叶睡未穩豆東窗漸明句遠樹又聞鶗鴂叶

楊共三首，是疊韻，平仄照注。其一結尾作「佇望久，空嘆無才可賦，厭聽鶗鴂」。一三、一六、一四字，與此異。「夜」字、「漸」字兩首皆作平。「濡」字本可作去讀，《詞律》誤注。「燼」、「墜」、「且」、「露」、「畫」、「弄」、「怨」。「又」等字必去聲，勿誤。「浸」字，《汲古》、《詞律》作「侵」，别作二首俱用平，韓作同。「頰」字作「臉」。其一首「夜闌」二字作平仄，結句作一六、一四字，可不拘。「冷」、「漸」、「指」、「未」、「漸」可平。「熏」、「浸」、「流」可仄。「濡」去聲。

又一體百三字

韓　玉

明軒快目韻正雨過新溪句秋來澤國叶波面聯開句山光瀲拂句竹聲摇寒玉叶鷗鷺戲晚浴叶芰荷動句香紅簌叶千古興亡意句淒涼颺舟句望迷南北叶　髩鬀宜叶烟籠霧簇叶認何處豆當年綉轂叶沉香花萼事句蕭然傷感句宮殿三十六叶忍聽向晚菱歌句依稀猶是當時曲叶試與問如今句新蒲細柳句爲誰摇緑叶

《東浦詞》原注正宮。

「千古」句五字，「忍聽」句六字，比前各多一字。換頭二字不叶，與楊異。「浴」字，《汲古》、《詞律》作「日」，失叶一韻。缺「感」字，下加□格，自是誤落，今從戈本補正。「國」、「北」二字借叶，周、姜諸家皆有之。「鬀」字恐亦借叶出韻。結尾與前結同。萬氏於此等處，又不比較前後段，亦不可解。「新」字，《汲古》作「湘」，「是當時」三字作「似新翻」。「澤」、「十」作平。

玉抱肚 百四十八字

同行同坐韻同攜同卧叶正朝朝豆暮暮同歡句怎知終有拋嚲叶記江皐惜別句那堪被豆流水無情送輕舸叶有愁萬種句恨未説破叶知重見豆甚時可叶　見也渾閒句堪嗟處豆山遥水遠句音書也無個叶這眉頭豆強展依前鎖叶這淚珠豆強收依前墮叶我平生豆不識相思句爲伊煩惱忒大叶你還知麽叶你知後豆我也甘心受摧挫叶又只恐你句背盟誓似風過叶共別人豆忘着我叶把洋瀾左叶都捲盡與句殺不得這心頭火叶

《九宫大成》入南詞仙吕宫正曲。一名《玉山頽》，又入北詞商角隻曲。「抱」一作「胞」。

《宋史·王安石傳》云：王韶開熙河奏功，帝以安石主議，解所服玉帶賜之。《老學庵筆記》云：所賜荆公玉帶，闊十四掐，號玉抱肚。周亮工《書影》云：曲名本此，一名《山子》。楊慎《八駿考》：山子，今之五明馬，一名玉抱肚。

「伊」字，《汲古》作「依」，誤。

此調無他作可證。《詞律》謂宜於「無個」句分段，誠然。

勝州令 二百十五字　　鄭意娘 楊思厚妻

杏花正噴火韻濛濛微雨句曉來初過叶夢回聽豆乳鶯調舌句紫燕競穿簾幕二換入垂楊陰裡句粉牆影出鞦韆索叶仄對媚景豆贏得雙眉鎖叶仄翠鬟信任韠叶入誰更忺梳掠叶入　追思向日句共個人豆同攜手句略無暫時拋躲叶仄到今似豆海角天涯句無由得見則個叶仄翻思往事上心句向他誰行訴三換仄卻曾舊歡句淚滴珍珠顆叶仄意中人未覩句覺風幃冷落叶入　都是俺嗟錯叶入被他閒言伏語啜做叶仄到此近豆四五千里句爲水遠山遥闊叶入當初曾言句盡老更不重婚卻叶入甚鎮日句共人同歡樂叶入傅粉在那裡句肯念人寂寞叶入　終待把豆雲箋細寫句把衷腸豆盡總説破叶仄問伊怎下得句憐新棄舊句頓乖盟約叶入可憐命掩黃泉句細尋思豆都爲他一個叶仄你忒殺虧我叶仄

《輿地廣記》：勝州，戰國屬趙，秦屬雲中。隋立勝州。

考鄭意娘，楊思厚妻。宣政間金人掠去，不辱而死。《林下詞選》作義娘。故列宣和後。

調見《花草粹編》。分四疊。第一段與第三段遥對，只「粉牆」下十字，一七、一三字，三段「盡老」下十字，一六、一四字，差異。《詞律》未收。《詞譜》云：用韻太雜，無別首可校。愚按：篇中是以入叶仄，用曲韻，抑隔句互爲叶，唐調中《歌頭》亦如此。第三段「卻」字，《詞譜》注句叶，當屬上句爲是。「個」字重叶。且如此長調亦名曰「令」，詞中僅見。或「令」字是「慢」字之訛。

恨來遲五十二字 來一作歡　　王灼

柳暗汀洲句最春深處句小宴初開韻似泛宅浮家句水平風軟句咫尺蓬萊叶　更勸君豆吸盡紫霞杯叶醉看鸞鳳徘徊叶正洞裡桃花句盈盈一笑句依舊憐才叶

《南唐書》云：周后嘗雪夜酣宴，舉杯請後主起舞。後主曰：「汝能創爲新聲則可矣。」后即命箋綴譜，譜成所謂《邀醉舞破》也。又有《恨來遲破》，亦后所製。

《填詞名解》云：《恨來遲破》，南唐大周后作。其詞已失，無有能傳其音節者。愚按：自是襲其調名，與《恨來遲破》無涉。《詞律》失收。各本俱無名氏，《詞譜》爲王灼作。

「軟」字，葉《譜》作「静」。

恨歡遲五十三字　　無名氏

淡薄情懷句淺綴胭脂韻獨佔江梅叶最好是嚴凝句苦寒天氣句卻是開時叶　也不許豆桃杏鬥妍媸叶也不許豆霜雪相欺叶又只恐誰家句一聲長笛句落盡南枝叶

調見《梅苑》。名《恨歡遲》，自是一調。

前段次句起韻，或是偶合。後段次句比前少一字。

薄媚

西子詞　　董穎

排遍第八

怒潮捲雪句巍岫布雲句越襟吳帶如斯韻有客經游句月伴風隨叶值盛世豆觀此江山美仄叶合放懷豆何事卻興悲平叶不爲回頭句舊谷天涯平叶爲想前君事仄叶越王嫁禍獻西施平叶吳郎中深機平叶　闔廬死有遺誓仄叶勾踐必誅夷平叶吳未干戈出境句倉卒越兵句投怒夫差句鼎沸鯨鯢叶越遭勁敵句可憐無計脫重圍平叶歸路茫然句城郭丘墟句飄泊稽山裡仄叶旅魂暗逐戰塵飛平叶天日慘無輝平叶

排遍第九

自笑平生句英氣凌雲句凜然萬里宣威韻那知此際句熊虎塗窮句來伴麋鹿卑棲叶既甘臣妾句猶不許何爲計換仄叶爭若都燔寶器句盡誅吾妻子句徑將死戰決雄雌平叶天意恐憐之平叶　偶聞太宰句正擅權豆貪賂市恩私平叶因將寶玩獻誠句雖脫霜戈句石室囚繫句憂嗟又經時平叶恨不如豆巢燕自由歸平叶殘月朦朧句寒雨瀟瀟句有血都成淚仄叶備嘗嶮厄返邦畿平叶冤憤刻肝脾平叶

第十攧

種陳謀句謂吳兵正熾句越勇難施韻破吳策豆惟妖姬叶有傾城妙麗句名稱西子歲方笄叶算夫差

惑此句須致顛危叶范蠡微行句珠貝爲香餌換仄叶苧蘿不釣釣深閨平叶吞餌果殊姿平叶　素肌纖弱句不勝羅綺平仄鸞鏡畔豆粉面淡匀句梨花一朵瓊壺裡仄叶嫣然意態嬌春句寸眸剪水句斜鬟鬆翠仄叶人無雙句宜名動君王句綉履容易仄叶來登玉陛仄叶

入破第一

窣湘裙句搖漢珮句步步香風起韻斂雙蛾句論時事句蘭心巧會君意仄叶殊珍異寶句猶自朝臣未與句妾何人豆被此隆恩句雖令效死仄叶奉嚴旨叶　隱約龍姿忻悅句重把甘言説句辭俊雅句質娉婷句天教汝豆衆美兼備仄叶聞吴重色句憑汝和親句應爲靖邊陲平叶將別金門句俄揮粉淚仄叶靚妝洗仄叶

第二虛催

飛雲駛香車句故國難回睇韻芳心漸搖迤邐仄叶吴都繁麗仄叶忠臣子胥句預知道豆爲邦祟仄叶諫言先啟仄叶願勿容其至仄叶周亡褒姒仄叶商傾妲己仄叶　吴王卻嫌胥逆耳仄叶纔經眼豆便深恩愛句東風暗綻嬌蕊仄叶綵鸞翻妬伊平叶得取次於飛共戲仄叶金屋看承句他宮盡廢仄叶

第三衮遍

華宴夕句燈搖醉粉句菡萏籠蟾桂韻揚翠袖句含風舞句輕妙處句驚鴻態仄叶分明是豆瑶臺瓊樹句閬苑蓬壺景盡移平叶此地花繞仙步句鶯隨管吹平叶　寶帳暖句留春百和句馥郁融鴛被仄叶銀漏永句楚雲濃句三竿日豆猶褪霞衣平叶宿酲輕腕嗅宮花句雙帶繫合同心時平叶波下比目句深憐到底仄叶

第四催拍

耳盈絲竹句眼遥珠翠韻迷樂事叶宫闈内争知平叶漸國勢陵夷平叶奸臣獻佞句轉恣奢淫句天譴歲屢饑平叶從此萬姓句離心解體仄叶　越遺使豆陰窺虚實句蚤夜營邊備仄叶兵未動豆子胥存句雖堪伐豆尚畏忠義仄叶斯人既戮句又且嚴兵句捲土赴黄池平叶觀釁種蠡平叶方雲可矣仄叶

第五哀遍

機有神句征鼙一鼓句萬馬襟喉地韻庭喋血句誅留守句憐屈服句斂兵還句危如此叶當除禍本句重結人心句争奈竟荒迷平叶戰骨方埋句靈旗又指仄叶　勢連敗句柔荑攜泣句不忍相抛棄仄叶身在兮心先死仄叶宵奔兮兵已前圍平叶謀窮計盡句唳鶴啼猿句聞處分外悲平叶丹穴縱近句誰容再歸平叶

第六歇拍

哀誠屢吐句甬東分賜韻垂暮日句置荒隅句心知愧豆寶鍔紅委叶鸞存鳳去句辜員恩憐句情不似虞姬平叶尚望論功句榮遷故里仄叶　降令回句吴亡赦汝句越與吴何異仄叶吴正怨句越方疑平叶從公論豆合去妖類蛾眉平叶宛轉竟殞句鮫綃香骨委塵泥平叶渺渺姑蘇句荒蕪鹿戰仄叶

第七煞衮

王公子句青春更才美韻風流慕連理叶耶溪一日句悠悠回首凝思平叶雲鬟烟鬢句玉珮霞裾句依約露妍姿平叶送目驚喜仄叶俄迂玉趾仄叶　同仙騎仄叶洞府歸去句簾櫳窈窕戲魚水仄叶正一點犀通句遽别恨何已仄叶媚魄千載句教人屬意仄叶況當時豆金殿裡仄叶

唐教坊大曲名。《宋史・樂志》道調宮大曲名，又入南呂宮。周密天基聖節，排當樂次，第十四盞起《萬壽無疆薄媚曲破》。《九宮大成》、《薄媚令》，入南詞越調引。《薄媚破》入南詞大石調正曲。《乾淳起居注》云：宋淳熙三年，教坊保義郎都管王喜等製進會慶萬年《薄媚曲破》。此調僅見《樂府雅詞》。原目注大曲道宮，并稱九重傳出，是宋時大曲也。與劉几《梅花曲》同一體製，惟少口號。所稱排遍、攧、入破等字，與唐人涼州、伊州等歌同一排場。但彼係五七言，此係長短句，實開南北劇套數大曲之先聲。踵事而增，體段已具。詞變爲曲，亦風會使然也。所列排遍第八起，是以前尚有七闋也。通體平仄互叶，故後世南北曲亦通叶也。

薄媚摘遍 九十二字

趙以夫

桂香消句梧影瘦句黃菊迷深院韻倚西風看落日句長江東去如練叶先生底事句有賦飄然換平叶剛道爲田園平叶獨醒何爲句持杯自勸未能免叶　休把茱萸吟翫仄叶但管年年健仄叶千古事句幾憑闌平叶吾生九十強半仄叶歡娛終日句富貴何時句一笑醉鄉寬平叶倒載歸來句迴廊月又滿仄叶

《夢溪筆談》云：所謂大遍者，凡數十解，每解有數疊截，截用之謂之摘遍。《薄媚大曲》凡十遍，此蓋摘其入破之一遍。

此與董作入破第一同，如《泛清波摘遍》之類。《詞律》未收。

「然」字、「園」字、「闌」字，董詞皆不叶，恐是偶合。「有賦飄然」句四字，「剛道」句五字，董作一五、一三字。「吾生」句，董作七字，此少一字。末句董作七字，此少二字。

東風齊着力 九十二字

胡浩然

殘臘收寒句三陽初轉句已換年華韻東君律管句迤邐到山家叶處處笙簧鼎沸句會佳宴豆坐列仙娃叶花叢裡豆金爐滿爇句龍麝烟斜叶　此景轉堪誇叶深意祝豆壽山福海增加叶玉觥滿泛句且莫厭流霞叶幸有迎春緑醑句銀瓶浸豆幾朵梅花叶休辭醉豆園林秀色句百草萌芽叶

以詞意爲名，自是創製。

「厭」字，《詞律》作「羨」，「緑醑」作「壽酒」，據《詞譜》訂正。「會」字，葉《譜》作「排」。《樂府雅詞》有孫浩然，不知是一人否，或姓氏誤寫。《詞品》稱北宋人，故附北宋末。「迤」、「會」、「滿」、「玉」、「且」、「浸」、「幾」可平。「殘」、「東」、「初」、「金」、「龍」、「銀」可仄。

送入我門來 百四字

除夕

荼壘安扉句靈馗掛户句神儺裂竹轟雷韻動念流光句四序式週回叶須知今歲今宵盡句似頓覺明年明日催叶向今夕是處句迎春送臘句羅綺筵開叶　今古偏同此夜句賢愚共添一歲句貴賤仍偕叶互祝遐齡句山海固難摧叶石崇富貴籛鏗壽句更潘岳儀容子建才叶仗東風盡力句一齊吹送句入我門來叶

此以末句爲名，他無作者。《圖譜》所注大誤，《詞律》駁之是也。「我」字一本作「此」。「裂」字，《詞律》作「烈」，「偏」字作「遍」，皆刻誤。「夕」作平。

秋霽 百五字　一名春霽

秋晴

虹影侵階句乍雨歇長空句萬里凝碧韻孤鶩高飛句落霞相映句遠狀水鄉秋色叶黯然望極叶動人無限愁如織叶又聽得雲外句數聲新雁作嘹嚦叶　當此暗想句畫閣輕拋句杳然殊無句些個消息叶漏聲稀豆銀屏冷落句那堪殘月照窗白叶衣帶頓寬猶阻隔叶算此情苦句除非宋玉風流句共懷傷感句有誰知得叶

《九宫大成》入北詞高大石調隻曲。又《春霽》入南詞大石調正曲。許《譜》亦入南詞大石調。

舊説創自李後主，《草堂》已駁其非。此調始於胡浩然，賦秋晴，名《秋霽》，賦春晴，又名《春霽》，二首如一。又名《平湖秋月》。此是詞題，非調名，故不注。

「里」字、「阻」字、「此」字上聲，「數」、「正」、「暗」、「個」、「照」、「頓」等字去聲，勿誤。「又聽得」，各家俱叶韻。此詞「得」字重見，似非叶。《詞律》於「外」字斷句，照吴文英作當是。其餘平仄，各家皆同。惟盧祖皋作「聽艷歌偏愛，賦情多處寄衷曲」，用平不叶，總當於三字逗，下二字領七字。周密一首於次句用「記芳園載酒」，第六句用「依依似舊相識」，平仄異。「黯」字，「當此」「此」字，「個」字，「此情」「此」字，皆用平。史作於「狀」字、「非」字俱用平。「此情」二字須相連，不可忽。「畫」字，葉《譜》作「綉」。「得」、「此」、「個」、「那」可平。「孤」、「然」、「些」、

「衣」、「非」可仄。

又一體百四字

隱括東坡前赤壁　朱敦儒

壬戌之秋句是蘇子豆與客泛舟赤壁韻舉酒屬客句月明風細句水光與天相接叶扣舷唱月叶桂棹蘭槳堪游逸叶又有客能吹洞簫句和聲嗚咽叶　追想孟德句困於周郎句到今空有句當時踪跡叶算惟有豆清風朗月句取之無禁用不竭叶客喜洗盞還再酌叶既已同醉句相與枕藉舟中句始知東方句晃然既白叶

見《草堂詩餘》。前結句兩四字，比胡作少一字。

又一體百三字　曾紆

木落山明句暮江碧句樓倚太虛寥廓韻素手飛觴句釵頭笑取句金英滿浮桑落叶鬢雲漫約叶酒紅拂破香腮薄叶細細酌叶簾外任教月轉畫闌角叶　當年快意登臨句異鄉節物句難禁離索叶故人遠句淩波何在句惟有殘英共寂寞叶愁到斷腸無處著叶寄寒香與句憑渠問訊佳時句弄粉吹

花句爲誰梳掠叶

前起處一四、一三、一六字，一氣貫下，可不拘。後起六字，比各家少二字。「細細酌」叶韻，「寒香」二字連，可見是定格。「禁」去聲。「寞」作平。

寶鼎現百五十八字　一名三段子　寶鼎兒

范　周

夕陽西下句暮靄紅溢句香風羅綺韻乘夜景豆華燈争放句濃艷燒空連錦砌叶覩皓月豆浸嚴城如畫句花影寒籠絳蕊叶漸掩映豆芙渠萬頃句迤邐齊開秋水叶　太守無限行歌意叶擁麾幢豆光動珠翠叶傾萬井豆歌臺舞榭句瞻望朱輪駢鼓吹叶控寶馬豆耀貔貅千騎叶銀燭交光數里叶似亂簇豆寒星萬點句擁入蓬壺影裡叶　來伴宴閣多才句環艷粉豆瑶簪珠履叶恐看看豆丹詔歸春句宸游燕侍叶便趁早豆佔通宵醉叶莫放笙歌起叶任畫角豆吹徹寒梅句月落西樓十二叶

《九宫大成》入南詞雙調引。

李彌遜詞名《三段子》，陳合詞名《寶鼎兒》。《東觀漢記》云：永平六年，寶鼎出洛山。調名取此。

舊説以爲劉辰翁製。考劉爲南宋末人，范、趙、張皆在前，大誤。

《中吴紀聞》云：范周少負不羈之才，工於詩詞，不求聞達。所居號范家園亭，安貧樂道，未嘗屈折於人。盛季文作守時，頗嫚士。嘗於元宵作《寶鼎現》詞投之，極蒙嘉獎，因遺酒五百壺。其詞播於天下，每遇燈夕，諸郡皆歌之。

愚按：各本皆爲康與之作，今從《中吴紀聞》。

「通宵」二字相連，勿誤。「艷」字，葉《譜》作「焰」，「畫」字作「晝」，「歸春」二字作「催春」。「夕」、「皓」、「影」、

「萬」、「舞」、「控」、「寶」、「簇」、「擁」、「影」、「恐」、「燕」、「趁」、「月」、「十」可平。「暮」、「羅」、「華」、「濃」、「嬈」、「如」、「花」、「芙」、「齊」、「光」、「傾」、「歌」、「千」、「銀」、「蓬」、「來」、「看」、「宸」、「吹」可仄。

又一體百五十五字

上元　趙長卿

囂塵盡掃句碧落輝騰句元宵三五韻更漏永豆遲遲停鼓叶天上人間當此遇叶正年少豆盡香車寶馬句次第追隨士女叶看往來豆巷陌連甍句簇起星球無數叶　政簡物阜清閒處叶聽笙歌豆鼎沸頻舉叶燈焰暖豆庭帷高下句紅影相交知幾户叶恣歡笑豆道今宵景色句勝卻前時幾度叶細算來豆皇都此夕句消得喧傳今古叶　綺席成行句爐噴裊豆沈檀輕縷叶覩遨遊綵仗句疑是神仙伴侶叶欲飛去豆恨難留住叶漸到蓬瀛步叶願永逢豆恁時恁節句且與風光爲主叶

三段首句四字，比范作少二字。三、四句，一五、一六字亦異。「盡」、「寶」、「次」、「物」、「鼎」、「景」、「勝」、「綵」可平。「年」、「高」、「覩」、「消」、「今」、「飛」可仄。「恣」去聲。

又一體百五十八字

張元幹

筠翁李似之作此詞見招，因賦其事，使歌之者想像風味，如到山中。

山莊圖畫句錦囊吟詠句胸中丘壑韻年少日豆如虹豪氣句吐鳳詞華渾忘卻叶便袖手豆向巖前溪畔句種滿烟梢霧鐸叶想別墅平泉句當時草木句風流如昨叶　瘦藤閒倚看鋤藥叶雙芒鞋豆雨後常著叶目送處豆飛鴻滅沒句誰問蓬蒿爭燕雀叶乍霽月豆望松雲南渡句短艇敧沙夜泊叶正萬里青冥句千林虛籟句從渠矰繳叶　攜幼尚有筠丁句誰會得豆人生行樂叶岸幘綸巾歸去句深戶香迷翠幕叶恐未免豆上凌烟閣叶好在秋天鶚叶念小山叢桂句今宵狂客句不勝杯勺叶

三段結句皆一五、兩四字，與范、趙異。第三段起句六字，與范作同。「岸幘」二句各六字，多一字，與趙異。「看」平聲。

又一體百五十七字　一名寶鼎兒

壽賈師憲　陳合

神鰲誰斷句幾千年再句乾坤初造韻算當日豆枰棋卻許句爭一著豆吾其衽左叶談笑頃豆又十年生聚句處處豳風葵棗叶江如鏡豆楚氛餘幾句猛聽甘泉捷報叶　天衣細意從頭補叶爛山龍豆華蟲黼藻叶宮漏永豆千門魚鑰句截斷紅塵飛不到叶六街九軌句看千貂避路句庭院五侯深鎖叶好一部豆太平六典句一一周公手做叶　赤舄繡裳句消得道豆斑斕衣好叶儘龐眉鶴髮句天上千秋難老叶甲子平頭纔一過叶未識汾陽老叶看金盤豆露滴瑤池句龍尾放班回早叶

見《齊東野語》。

次段第五句四字，比各家多一字。三段起句四字，三、四句，一五、一六字，與趙作同。五句用上四、下三字句法，與各家異。通體叶閩音，不可從。

按：合字惟善，長樂人。淳祐四年進士。歷官禮部侍郎，超拜端明殿學士，簽書樞密院，謚文惠。

又一體百五十八字

丁酉元夕　　劉辰翁

紅妝春騎韻踏月花影句牙旗穿市叶望不盡豆樓臺歌舞句習習香塵蓮步底叶簫聲斷豆約彩鸞歸去句未怕金吾呵醉叶甚輦路豆喧闐且止叶聽得念奴歌起叶　父老猶記宣和事叶抱銅仙豆清淚如水叶還轉盼豆沙河多麗叶滉瀁明光連邸第叶簾影動豆散紅光成綺叶月浸蒲桃十里叶看往來神仙才子叶肯把菱花撲碎叶　腸斷竹馬兒童句空見説豆三千樂指叶等多時豆春不歸來句到春時欲睡叶又説向豆燈前擁髻叶暗滴鮫珠墜叶便當日豆親見霓裳句天上人間夢裡叶

張孟浩云：劉辰翁作《寶鼎現》詞，爲大德元年。自題曰：丁酉元夕，亦義熙舊人只書甲子之意。其詞反反覆覆，字字悲咽，真孤竹、彭澤之流。

第三段起句六字，與范、張同。「等多時」下二句，一七、一五字，與范、趙、張皆異。首句「騎」字起韻，「止」、「麗」、「綺」、「子」四字皆葉。「影」字仄。「牙」字一本作「千」。「樓臺」二字作「璚樓」。

又一體 百五十五字　無名氏

東君著意句化工恩被句灼灼妖艷韻裊嫩梢輕蓓句縈風惹露句偏早香英綻叶似向人豆故矜誇標致句倚闌全如顧盼叶尚困怯餘寒句柔情弱態句天真無限叶　斷橋壓柳時非淺叶先百花豆風光獨佔叶當送臘初歸句迎春欲至句芳姿偏婉孌叶料碎剪就豆繒紈輝麗句更把胭脂重染叶自賦得豆一般容冶句宛勝神仙妝臉叶　折送小閣幽窗句酷愛處豆令親几硯叶盡孜孜觀賞句不枉人稱妙選叶待密付豆如膏雨澤句金玉仍妝點叶任擾擾豆百卉千花句掩跡一時羞見叶

見《梅苑》。前二段第四、五、六句，作一五、一四、一五字。前結句法與張同，中段結句與范、趙同，尾結與范同。後段第三、四句，一五、一六字，比各家不同。五句不叶韻。前段次句，中段起句，與張同。次句「光」字用平，與各家異。「蓓」字，《梅苑》作「善」，大誤。「送」字一本作「近」，「孜孜」上缺「儘」字，「密付」二字，重一「密」字。「雨澤」下，《梅苑》空二格，宜從。「卉」字作「草」。石孝友一首二、三段比各家不同，詞意不貫，定有脫誤。故不録。「灼灼」作平平。

伊川令 五十一字　范仲允妻

西風昨夜穿羅幕韻閨院添蕭索叶纔是梧桐零落時句又迤邐豆秋光過卻叶　人情音信難託叶魚雁成躭閣叶教儂獨自守空房句淚珠與豆燈花共落叶

與唐人《伊州歌》無涉。《詞律》名《伊川令》。伊州説見前。伊川，本漢陸渾縣地，東魏置伊川郡，後周改曰和州，曰伊州，屬河南郡，見《輿地廣記》。

《詞苑叢談》云：范仲允爲相州録事，久不歸，其妻寄以《伊川令》云云。其妻來書，「伊」字誤作「尹」字。范答詞嘲以「料想伊家不要人」，妻復答以「共伊間别幾多時，身邊少個人兒睡」。此亦閨秀中之慧而辯者也。愚按：相州，宋屬内黄、成安二縣，與伊川相近。南渡已失其地，自是北宋人作，當從《詞律》作伊川。惜無時代可考。「允」字，《詞律》作「胤」，斷無犯太祖廟諱之理。當從《詞苑》作「允」。

《詞律》缺「時」字、「又」字、「魚雁」句五字。「纔」字作「最」，「儂」字作「奴」，於「零落」落字注叶。小詞共六韻，豈有重叶之理。考據不審，貽誤來學，莫此爲甚。

醉高春 八十字

柳富

人間最苦句最苦是分離韻伊愛我句我憐伊叶青草岸頭人獨立句畫船歸去櫓聲遲叶楚天低句回望處句兩依依叶　後會也知俱有願句未知何日是佳期叶心下事句亂如絲叶好天良夜還虚過句辜負我豆兩心知叶願伊家句衷腸在句一雙飛叶

《詞譜》與《最高樓》併爲一調，但兩起句不同，恐非别名。仍分列。

調見《情史》，云東都柳富别妓王幼玉作。《詞律》云：毛氏謂有盛宋風味。因《情史》爲小説，不知何代人，故不收。

愚按：《情史》雖係小説，其事必有所本，斷非憑虚臆造。但不注引據何書，致令後人滋惑。明代著書每蹈此弊。考宋以洛陽爲東都，南渡時失其地。既稱東都，其爲北宋人無疑，故附北宋末。「高春」二字費解，應是「高春」之訛，醉到日上高春之意耳。

期夜月 百十三字

觀舞　　劉濬

金鈎花綬繫雙月韻腰肢軟低折叶揎皓腕句縈綉結叶輕盈宛轉句妙若鳳鸞飛越叶無別叶香檀急扣轉清切叶翻纖手飄瞥叶催畫鼓句追脆管句鏘洋雅奏句尚與衆音爲節叶　當時妙選舞袖句慧性雅質句名爲殊絶叶滿座傾心注目句不甚窺迴雪叶纖怯叶逡巡一曲霓裳徹叶汗透鮫綃濕借叶教人與傅香粉句媚容秀發句宛降蕊珠宮闕叶

《九宮大成》入南詞大石調正曲。

此調無他作者，《詞律》失收。

見《花草粹編》原注云：樂部中惟杖鼓，鮮有能工之者。京師官妓楊素娥最工，劉濬酷愛之，作《期夜月》詞。

「濕」字是借叶，與上段合。《粹編》缺「纖怯」二字，「與」字及末句六字，「鮫綃濕」三字作「鮫綃肌潤」，多一字。皆誤。今從《調緯》訂正。「清」字作「親」，從《詞譜》改。

孤館深沉 五十字

權無染

瓊英雪艷嶺梅芳韻天付與清香叶向臘後春前句解壓萬花句先佔青陽叶　擬待折豆一枝相

贈句奈水遠山長叶對妝面豆忍聽羌笛句又還空斷人腸叶

調見《梅苑》。不知何時人。《詞律》失載。

愚按：《鶴林玉露》云：紹興庚辰間，見《梅苑》一書得之。蜀人黃大輿編。據此是南宋初人所編，皆北宋人作無疑。故附北宋末。以下四人，恐是書字，其名未詳。蓋宋人陋習。本朝人作，皆書爵、書字而不書名，《樂府雅詞》、《陽春白雪》諸集亦然。後人殊難辨晳。

「芳」字，葉《譜》作「秀」，失叶一韻。「青」字作「東」，「山」字作「天」。

勝勝令六十六字　俞克成

簾移碎影句香褪衣襟韻舊家庭院嫩苔侵叶東風過盡句暮雲鎖豆緑窗深叶怕對人豆閒枕剩衾叶樓底輕陰叶春信斷豆怯登臨叶斷腸魂夢兩沉沉叶花飛水遠句便從今豆莫追尋叶又怎禁豆驀地上心叶

各譜名《聲聲令》，不著名氏，今從《梅苑》。與《勝勝慢》不同，當分列。

「剩」字、「上」字必去聲，勿易。葉《譜》於「令」字注叶，誤。兩段明明相對，當從《詞律》。「禁」平聲。

遠朝歸九十二字　趙耆孫

金谷先春句見乍開江梅句晶明玉膩韻珠簾院落句人靜雨疏烟細叶橫斜帶月句又別是豆一般風

味叶金樽裡叶任遺英亂點句殘粉低墜叶　惆悵杜隴當年句念水遠天長句故人難寄叶山城倦眼句無緒更看桃李叶當時醉魄句算依舊豆徘徊花底叶斜陽外叶謾回首豆畫樓十二叶

亦見《梅苑》，凡二首，皆無名氏。《詞譜》、《詞律》俱作趙耆孫，從之。「乍」、「玉」、「院」、「帶」、「亂」、「粉」、「故」、「倦」、「畫」等字必去聲。「一」字、「十」字入作平。《梅苑》又一首同，惟「落」字、「點」字用平，可不從。「裡」字、「外」字是叶韻。其次首是和韻，於此二處用「是」字、「醉」字，雖非原韻，其必叶可知。「晶明」二字、「又」字，《詞律》缺，「杜」字作「秦」，據《梅苑》訂正。「江」字，葉《譜》作「紅」，「烟」字作「風」。「別」可平。「惆」可仄。

又一體 九十二字

無名氏

新律纔交句早舊梢南枝句朱污粉膩韻烟籠淡妝句恰值雨膏初細叶而今看了句記他日豆酸甜滋味叶多應是叶伴玉簪鳳釵句低揑斜墜叶　迤邐叶對酒當歌句眷戀得芳心句竟日何際叶春光付與句尤是見欺桃李叶叮嚀寄語句且莫負豆樽前花底叶拚沉醉叶儘銅壺豆漏傳三二叶

亦見《梅苑》，不著名氏。和前韻。換頭二字叶韻，餘平仄稍異。

又一體四十九字

建康中秋夜爲吕潛叔賦　辛棄疾

一輪秋影轉金波韻飛鏡又重磨叶把酒問姮娥叶被白髮豆欺人奈何叶　乘風好去句長空萬里句直下看山河叶斫去桂婆娑叶人道是豆清光更多叶

前段次句五字，比前作少一字。辛又一首與前同。

太常引五十字　一名太清引　臘前梅　無名氏見《梅苑》

行雲踪跡杳無期韻梅梢上又春歸叶不道久別離叶這一度豆清香爲誰叶　多情囑付句庾樓羌管句憑仗且休吹叶留取兩三枝叶待和淚豆封將寄伊叶

《太和正音譜》注仙吕宫，《九宫大成》入北調仙吕調隻曲，又入南詞高大石調引。

韓淲詞有「小春時候臘前梅」句，名《臘前梅》。

此太常導引之曲也。調見《梅苑》，不知何人創始。辛棄疾亦有此體。

「爲」字、「寄」字必去聲，不可移易。「不」、「一」、「庾」可平。「行」、「踪」、「梅」、「羌」、「憑」、「留」可仄。

又一體　四十八字
舒　頔

山色共承宣韻君秩滿豆我遲延叶幾度醉花前叶曾怪煞豆春山杜鵑叶　菱花再照句鸞膠再續句應笑雪盈顛叶深夜語嬋娟叶也曾是豆都門少年叶

起句五字與前異，或脱落二字。

鬢邊華　五十四字

小梅香細艷淺韻過楚岸豆樽前偶見叶愛閒淡豆天與精神句映青鬢豆開人醉眼叶　如今拋擲經春句恨不見豆芳枝寄遠叶向心上豆誰解相思句賴長對豆妝樓粉面叶

以下俱見《梅苑》。不著撰人名氏，故附北宋末。

此以前結句爲名。《詞律》未載。「艷」、「偶」、「醉」、「寄」、「粉」五字必仄聲，勿誤。

二色宫桃　五十六字

鏤玉香苞酥點萼韻正萬木豆園林蕭索叶惟有一枝雪裡開句江南信豆更憑誰託叶　前年記賞

登高閣叶嘆年來豆舊觀如昨叶聽取樂天一句雲句花開處豆且須行樂叶

亦見《梅苑》。與《玉闌干》、《步蟾宮》俱相近，而平仄不同。《詞律》失收。「苞」字，《詞譜》作「葩」，「信更」二字，《梅苑》作「有信」。

掃地舞五十八字　一名玉碾蕚

酥點蕚韻玉碾蕚叶點時碾時香雪薄叶纔折得豆春方弱叶半掩朱扉垂綉幕叶怕吹落叶　撚一晌換仄嗅一晌叶二仄撚時嗅時宿酒忘叶二仄春争上叶二仄不忍放叶二仄待對菱花斜插向叶二仄寶釵上叶二仄

唐教坊曲名。一名《拂市舞》，《歷代詩餘》名《玉碾蕚》。

亦見《梅苑》，僅見此首。《詞律》失收。

「方」字各譜作「力」，「争」字作「筍」。「忘」字，《歷代詩餘》作「惡」，「上」字重叶。愚按：「扉」字、「花」字當斷句，下三字屬下句。

枕屏兒七十四字

江國春來句留得素英肯住韻月籠香句風弄粉句詩人盡許叶酥蕊嫩句檀心小句不禁風雨叶須東

君豆與他做主叶　繁杏夭桃句顏色淺深難駐叶奈芳容句全不稱句冰姿伴侶叶水亭邊句山驛畔句一枝風措叶十分似豆那人淡濘叶

亦見《梅苑》。與《枕屏風》無涉。《詞律》失收。「稱」去聲。

泛蘭舟 八十三字

霜月亭亭時節句野溪開冰汋韻故人信付江南句歸也仗誰託叶寒影低横句輕香暗度句疏籬幽院句何似秦樓朱閣叶　稱簾幕叶攜酒共看句新詩句乘醉更堪作叶雅淡一種天然句如雪綴烟薄叶腸斷相逢句手撚嫩枝句追思渾似句那人淺汝梳掠叶

《九宮大成》入南詞雙調正曲。

調見《梅苑》及《詞緯》。此《泛蘭舟》正調，與《新荷葉》別名《泛蘭舟》不同。

周密《乾淳起居注》云：宋淳熙六年，奉駕過宮，恭請太上太后幸聚景園。都管使臣劉景長製進，名《泛蘭舟曲破》。

愚按：此詞不知是劉景長所製否。

「稱簾幕」三字，《梅苑》屬前段，今從《詞緯》本。「仗」、「暗」、「綴」、「嫩」四字宜去聲。「乘」字一作「和」。「新詩」二字，《梅苑》作「依依」。

踏歌八十四字

帶雪韻向南枝一朵紅梅折叶許多時豆甚處收香白叶佔千葩百卉先春色叶擬瑩潔叶正廣寒宮殿人窺隔叶銷魂處豆畫角數聲徹叶　暗香浮動黄昏月叶最瀟灑處最奇絶叶孤標迥豆不與群芳列叶吟賞竟連宵句痛飲無休歇叶輸有心豆牧童偷折叶

亦見《梅苑》。與崔液《踏歌》辭不同。《詞律》失收。

此調宜用入聲韻。據後朱作當分三疊，於「黄昏月」分段。

「擬」字當是「疑」字之訛，在「暗香」上，寫刻誤竄。

又一體八十三字　朱敦儒

宴闋韻散津亭豆鼓吹扁舟發叶離愁黯豆隱隱陽關徹叶更風悠雨細添淒切叶　恨結叶嘆良朋難聚輕離缺叶一年幾豆把酒對花月叶便山遥水遠分吴越叶　書倩燕句夢借蝶叶重相見豆再把歸期説叶只愁到那時句彼此萍踪别叶總難知豆再會時節叶

調見《太平樵唱》及《梅苑》分三疊。前兩段字句同，所謂雙拽頭也。

三段起句兩三字句，比前作少一字。「細」字、「遠」字當斷句。「更」字一本作「未」，「悠」字作「愁」，「難」字作「雅」，「那」字作「他」，「知」字作「如」。今從葉《譜》。「那」平聲。

玉梅香慢 九十五字

本意

寒色猶高句春力尚怯句微律先催梅拆韻曉日輕烘句清風頻觸句疑散數枝殘雪叶嫩英妬粉句嗟素艷豆有蜂蝶叶全似人人句向我依然句頓成離缺叶　徘徊寸腸萬結叶又因知豆暗成凝咽叶撚蕊憐香句不禁恨深難絶叶若是芳心解語句應共把豆此情細細説叶淚滿闌干句無言強折叶

亦見《梅苑》。比《天香》只「有蜂蝶」句少一字，餘悉同。想係變名。但無可考證，姑分列。《詞律》未收。「頻」字，《梅苑》作「額」，誤。「數枝」二字，《詞譜》作「疏林」，「缺」字作「別」，「似」字作「是」，「知」字作「花」。

罥馬索 百九字

梅

曉窗明句庭外寒梅向殘月韻吴溪庾嶺句一枝偷把陽和洩叶冰姿素艷句自然天賦句品格真香殊常別叶奈北人豆不識南枝句喚作臘前杏花發叶　奇絶叶照溪臨水句素禽飛下句玉羽瓊芳鬥清潔叶懊恨春工來何晚句傷心鄰婦爭先折叶多情立馬句待得黄昏句疏影横斜微酸結叶恨馬融豆一聲羌笛句起處紛紛落如雪叶

亦見《梅苑》及《花草粹編》，不知命名之義。

篇中去平入四處，四平三處，確有定律，不可誤認。「傷心鄰婦」，《粹編》作「傷憐媚眉先折」。當是七字與前對，今從《梅苑》本。

《梅苑》、《詞譜》無「工」字，從《粹編》補。「花」字一本作「先」，「水」字作「冰」，「門」字作「聞」，皆誤。

瑤臺月 百十四字　一名瑤池月

梅花

嚴風凜冽句萬木凍句園林肅靜如洗韻寒梅佔早句爭先暗吐香蕊叶逞素容豆探暖欺寒句遍妝點豆亭臺佳致叶通一氣句超群卉叶值臘後句雪清麗叶開筵共賞句南枝宴會叶　好折贈豆東風驛使叶把嶺頭豆信息遠寄叶遇詩朋酒侶句樽前吟綴叶且優游豆對景歡娛句更莫厭豆陶陶沉醉叶羌管怨句瓊花墜叶結子用句調鼎餌叶將軍止渴句思得此味叶

《九宮大成》入南詞高大石調引。「臺」一作「池」，又入北詞黃鐘調隻曲。

《鳴鶴餘音》名《瑤月》。

亦見《梅苑》及《鳴鶴餘音》。「肅」字一本作「蕭」，「逞」字作「還」，「風」字作「君」，「嶺」字作「隴」。「調鼎」下，《歷代詩餘》多「堪」字。今從《梅苑》本。

又一體百二十字

葛長庚

烟霄凝碧韻問紫府清都句今夕何夕叶桐陰下幽情遠與秋無極叶念陳迹豆虎殿蚪宮句記往事豆龍簫鳳笛叶露華冷句蟾光白叶雲影靜句天籟息叶知得叶是蓬萊不遠句身無羽翼叶　廣寒宮句舞徹霓裳句白玉臺豆歌罷瑶席叶争不思下界句有人岑寂叶羡博望豆兩泛仙槎句與曼倩豆三偷蟠實叶把丹鼎句暗融液叶乘雲氣句醉麾斥叶嗟惜叶但城南老樹句人誰我識叶

此體《詞律》失收。

前段首句即起韻。次三句一五、一四字，四、五句一六、一四字。兩結各多二字句，叶韻，且多一字，與前異。

又一體百十八字

無名氏

扁舟寓興韻江湖上句無人知道名姓叶忘機對景句咫尺群鷗相認叶烟雨急豆一片篷聲句倚醉眼豆看山還醒叶晴雲斷句狂風信叶寒潭倒句遠峰影叶誰聽叶横琴數曲句瑶池夜冷叶　這些子豆名利休問叶況是物豆都歸幻境叶須臾百年夢句去來無定叶向嬋娟豆留住青春句笑世上豆風流多病叶蒹葭渚句芙蓉逕叶放侯印句趁漁艇叶争甚叶須知九鼎句金砂如瑩叶

見《鳴鶴餘音》。首句即起韻。兩結與葛作同，但各多一字。

春雪間早梅 百二十五字

梅將雪共春韻彩艷灼灼不相因叶逐吹霏霏能争密句排枝碎碎巧妝新叶誰令香生滿座句獨使凈斂無塵叶芳意饒呈瑞句寒光助照人叶玲瓏次第開已遍句點綴坐來頻叶　那是俱懷疑似句須知造化句兩各逼天真叶熒煌清影初亂眼句浩蕩逸氣忽迷神叶未許瓊花比並句將從玉樹相親叶先期迎獻歲句更同歌酒佔兹辰叶六花蠟蒂相輝映句輕盈敢自珍叶

調見《梅苑》。隱括韓愈《春雪間早梅》長律詩意，即以爲調名。與劉幾《梅花曲》隱括王安石詩意同一體格。「將從」作「從將」，「能争」二字，葉《譜》作「争能」，「妝」字作「妬」，俱誤。篇中七字句凡八，皆如七言古詩體，平仄可不拘。「生」字，《梅苑》作「來」，「清影」二字缺，「比」字亦缺。「霏霏」二字，《詞譜》作「紛紛」。「吹」去聲。

倚西樓 五十八字

韋彦温

禁鼓初傳時下打韻虛過清風明月夜叶眼如魚目幾時乾句心似酒旗終日掛叶　銀漢低垂星斗斜句院宇空寥銀燭卸叶西樓蕭瑟有誰知句教我獨自上來獨自下叶

調見《苕溪詩話》。因「西樓」句爲名。無名氏，《詞譜》作韋彦温，注云調近《玉樓春》，惟後結多兩字耳。愚按：「教我」二字是襯字。乃《玉樓春》之變名，姑附列俟考。

「斜」字似以平叶仄。

花前飲 五十字

無名氏見《古今詞話》

雨餘天色最寒滲韻海棠綻豆胭脂如錦叶告你休看書句且共我豆花前飲叶　皓月穿簾未成寢叶篆香透豆鴛鴦雙枕叶似恁天色時句你道是豆好做甚叶

見《古今詞話》。以前結句爲名。《詞律》失收。

詞雖俳體，而用閉口韻甚嚴，的是北宋人語。

檐前鐵 七十一字

悄無人句宿雨厭厭句空庭乍歇韻聽檐前豆鐵馬戛丁當句敲破夢魂殘結叶丁年事句天涯恨句又早在豆心頭咽叶　誰憐我豆綺簾前句鎮日鞋兒雙跌叶今番也豆石人應下千行血叶擬展青天句寫作斷腸文句難盡說叶

亦見《古今詞話》。取詞中句爲名。《詞名集解》有《檐前馬》，本名《鐵騎兒》，或即此調别名。《詞律》未收。

鏡中人四十八字　一名相思引

柳烟濃句梅雨潤韻芳草綿綿離恨叶花塢風來幾陣叶羅袖沾香粉叶　獨上小樓迷遠近叶不見浣溪人信叶何處笛聲飄隱隱叶吹斷相思引叶

亦見《古今詞語》，不著名氏。以末句又名《相思引》，舊譜遂謂即琴調《相思引》。細校句法體格，迥不相侔，平仄韻亦異，斷非一調。

樓心月二十八字　無名氏見《陽春白雪》

柳下爭挐畫槳摇韻水痕不覺透紅綃叶月明相顧休歸去句都坐池頭合鳳簫叶

調見《陽春白雪》。無名氏共三首，各譜皆不收。

愚按：晏殊詞有「舞低楊柳樓心月」句，名或取此。如七言絶句體，南渡後無此格。語意自是北宋，故附北宋末。

碧玉簫四十八字

輕暖吹香句薰風漲緑韻北窗添得琅玕玉叶新粉微含句翠浪明如沐叶　珠淚偷彈韻纖腰減

束叶天涯勞我危樓目叶燕子無情句斜語闌干曲叶

《九宫大成》入南詞大石調正曲，又入北詞雙角隻曲。

調見《詞譜》。與《紫玉簫》無涉。《詞律》失收。

「玉」字，葉《譜》作「竹」。

一萼紅 百八字

斷雲漏日句青陽布句漸入融和天氣韻糝綴夭桃句金綻垂楊句妝點亭臺佳致叶曉露染豆風裁雨暈句是牡丹偏稱化工美叶向此際會句未教一萼句紅開鮮蕊叶　迤邐叶漸成春意叶放秀色妖艷句天真難比叶粉惹蝶翅句香上蜂鬚句忍把芳心縈碎叶爭似便豆移歸深院句將緑蓋青幃護風裡叶恁時節句佔斷與豆偎紅倚翠叶

《太真外傳》云：太真初妝，宫女進白牡丹。妃捻之，手脂未洗，適染其瓣。次年花開，俱絳其一瓣。明皇爲製《一捻紅》曲，又名《一萼紅》。愚按：舊説引《太真外傳》，今考原書無此語，當是誤寫書名。

此調見《歷代詩餘》及《詞譜》，不知何人所作。以前結句爲名，平仄不可臆改。「金綻垂楊」四字，《詞譜》作「金妝垂柳」。「牡丹」二字作「絕艷」，「秀色妖艷」四字作「天容秀色」。「粉惹蝶翅」二句作「香上蜂鬚，粉沾蝶翅」。今從《歷代詩餘》。

「裡」字，《詩餘》作「日」，從《詞譜》改。

又一體百八字　　姜夔

丙午人日，予客長沙別駕之觀政堂。堂下曲沼，沼西負古垣，有盧橘幽篁，一逕深曲。穿逕而南，官梅數十株，如椒如菽。或紅破白露，枝影扶疏。著屐蒼苔細石間，野興横生，亟命駕登定王臺。亂湘流、入麓山，湘雲低昂，湘波容與。興盡悲來，醉吟成調。

古城陰韻有官梅幾許句紅萼未宜簪叶池面冰膠句牆腰雪老句雲意還又沉沉叶翠藤共豆閒穿徑竹句漸笑語豆驚起卧沙禽叶野老林泉句故王臺榭句呼唤登臨叶　南去北來何事句蕩湘雲楚水句目極傷心叶朱户黏鷄句金盤簇燕句空嘆時序侵尋叶記曾共豆西樓雅集句想垂楊豆還褭萬絲金叶待得歸鞍句到時只怕春深叶

白石歌曲，凡自製俱有旁譜。此調無譜，其爲舊調改用平韻無疑。故以無名氏仄韻列前。

此用平韻，首句三字起韻。第二、三句各五字，與前異。

各家俱用此體，前無作者。「時」字平，各家皆用仄，微異，餘無大殊。《詞律》所注平仄，原可不拘，究不若此詞之的當。王沂孫數首皆如此填。「幾」、「雪」、「漸」、「笑」、「語」、「野」、「故」、「北」、「楚」、「目」、「簇」、「共」、「雅」、「待」、「到」可平。「池」、「牆」、「雲」、「呼」、「南」、「何」、「相」、「朱」、「金」、「空」、「曾」、「楊」、「歸」、「時」可仄。

又一體百七字

玉霄感舊　尹濟翁

玉搔頭韻是何人敲折句應爲節秦謳叶裴几朱絃句剪燈雪藕句幾回數盡更籌叶草草又豆一番春夢句夢覺了豆風雨楚江秋叶卻恨閒身句不如鴻雁句飛過妝樓叶　又是水枯山瘦句嘆回腸難貯句萬斛新愁叶懶復能歌句那堪對酒句物華冉冉都休叶江上柳豆千絲萬縷句惱亂人豆更忍凝眸叶猶怕月來弄影句莫上簾鈎叶

後段第八句七字，比姜作少一字。

詞繫卷二十一

宋　遼附　金附

舞楊花 九十八字

趙構

牡丹半坼初經雨句雕檻翠幕朝陽韻困倚東風句羞謝了群芳叶洗烟凝露向清曉句步瑤臺豆月底霓裳叶輕笑淡拂宮黄叶淺擬飛燕新妝叶　楊柳啼鴉晝永句正鞦韆庭館句風絮池塘叶三十六宮句簪艷粉濃香叶慈寧玉殿慶清賞句佔東君豆誰比花王叶良夜萬燭熒煌叶影裡留住年光叶

周密《南渡典儀》賜筵樂次第十《舞楊花》。

《貴耳集》云：高宗御慈寧殿賞牡丹，時椒房受冊，三殿極歡。上洞達音律，自製曲賜名《舞楊花》，停觴命小臣賦詞，俾貴人歌以侑玉卮爲壽，左右皆呼萬歲。

《詞譜》云：此詞載康與之樂府，或與之應製擬作也。《詞律》失收，他無作者。

「檻」字，《歷代詩餘》作「檻」。「困倚」二句，一作「嬌困倚風，臺榭繞群芳」。「六」作平。

迴心院二十八字

蕭后天祐帝后

掃深殿韻閉久金鋪暗叶游絲絡網塵作堆句積歲青苔厚階面叶掃深殿叶待君宴叶

《本事詞》云：遼蕭后小字觀音，工書能歌，善彈箏琶。天祐帝初甚寵之，敕爲懿德皇后。帝後荒於游畋，后諷詩切諫，帝遂疏之。后乃作《迴心院》，寓望幸之意也。其一云「掃深殿」云云。其二云「拂象牀」云云。他如「撫香枕」、「鋪翠被」，「裝綉帳」「疊錦茵」「展瑶席」「剔銀燈」「爇香爐」「張鳴箏」凡十首。情致纏綿，怨而不怒焉。遼詞僅見此調。

又一體二十八字

拂象牀韻憑夢借高唐叶敲壞半邊知妾卧句恰當天處少輝光叶拂象床叶待君王叶

此用平韻。

愚按：遼亡於南宋初，考天祐帝立於紹興六年，故附編高宗後。

荷葉鋪水面五十七字

康與之

春光艷冶句游人踏緑苔韻千紅萬紫競香開叶暖風拂鼻籟句驀地暗香透滿懷叶荼蘼似錦

裁叶嬌紅間嫩白句只怕迅速春回叶誤落在塵埃叶折向鬢雲邊句金鳳釵叶

《九宫大成》入北詞小石角雙曲，又入南詞雙調正曲。

一名《驟雨打新荷》。愚按：《驟雨打新荷》，見《元遺山樂府》。

一名《小聖樂》，與此無涉，詳《小聖樂》下。《詞律》失收。

金菊對芙蓉九十九字

梧葉飄黄句萬山空翠句斷霞流水争輝韻正金風西起句海燕東歸叶憑闌不見南來雁句望故人豆消息遲遲叶木犀開後句不應誤我句好景良時叶　只念獨守孤幃叶把枕前囑付句一旦分飛叶上秦樓游賞句酒殢花迷叶誰知别後相思苦句悄爲伊豆瘦捐香肌叶花前月下句黄昏院落句珠淚偷垂叶

蔣氏《九宫譜》入中吕宫。

後段次句，辛棄疾作「嘆年少胸襟」。平仄異，可不拘。

大聖樂百十字

千朶奇峰句半軒微雨句曉來初過韻漸燕子豆引教鶵飛句菡萏暗熏芳草句池面涼多换平叶淺斟瓊

卮浮綠蟻句展湘簟豆雙紋生細波平叶輕紈舉句動團圓素月句仙桂婆娑平叶　臨風對月恣樂句便好把豆千金邀艷娥平叶幸太平無事句擊壤鼓腹句攜酒高歌平叶富貴安居句功名天賦句爭奈皆由時命何平叶休眉鎖仄叶問朱顔去了句還更來麽平叶

《宋史·樂志》：道調宮大曲名。《九宮大成》名《大勝樂》，入南詞南吕宮引。注「勝」一作「聖」，與四句二十六字者入本宮正曲不同。此調不知命名之義，前無作者。「過」字去聲，下换平韻叶，亦平仄通叶體也。蔣捷一首，此字亦用仄叶可證。「鎖」字似亦叶，然蔣作不叶，略異。其餘平仄照注。篇中平去平三處最要，不可徇《圖譜》之誤。「淺斟」句平仄蔣作同，亦勿改。「好」、「壤」可平。「爭」可仄。「過」、「教」、「恣」去聲。

又一體百八字

東園餞春即席分題　周密

嬌綠迷雲句倦紅顰曉句嫩晴芳樹韻漸午陰豆檐影移香句燕語夢回句千點碧桃吹雨叶冷落錦宮人歸後句記前度豆蘭橈停翠浦叶憑闌久句漫凝想鳳翹句慵聽金縷叶　留春問誰最苦叶奈花自無言鶯自語叶對畫樓殘照句東風吹遠句天涯何許叶怕折露條愁輕別句更烟暝豆長亭啼杜宇叶垂楊晚句但羅袖豆暗沾飛絮叶

此用仄韻。《笛譜》尾句注單煞二字。換頭句叶。後段六、七兩句，一七、一八字，與前段略同，迴異康作。結尾七字，比康作少二字。「夢」、「鳳」、「最」三字去聲最要。其餘平仄亦無可證，宜悉從之。「檐」字，《詞律》作「簾」，「想」字作「竚」，「暗」字作「晴」，皆從《笛譜》改正。「冷落」句，《詞匯》作「錦人歸後」，《詞綜》作「錦衾人歸後」，皆不及《蘋洲漁笛譜》爲是。今從之。「聽」去聲。

又一體百十字

華春堂分韻同趙學舟賦　張炎

隱市山林句傍家池館句頓成佳趣韻是幾番豆臨水看雲句就樹攬香句詩滿闌干橫處叶翠徑小車行花影句聽一片豆春聲人笑語叶深庭宇叶對清晝漸長句閒教鸚鵡叶　芳情緩尋細數叶愛碧草如烟花自語叶任燕來鶯去句香凝翠暖句歌酒清時鐘鼓叶二十四簾冰壺裡句有誰在豆簾臺猶醉舞叶吹笙侶叶倚高寒豆半天風露叶

亦用仄韻，與周作同。惟「歌酒」句六字多二字。《汲古》注一本無「歌酒」二字。「宇」、「侶」二字叶韻，前後段相配整齊。余故謂詞至南宋，格律俱加嚴謹，愈出愈精者此也。

「如煙花自語」五字，一作「平烟紅自雨」。「去」字一作「往」。

桂華明五十字　　關注

縹緲神京開洞府韻遇廣寒宮女叶問我雙鬟梁溪舞叶還記得當時否叶　碧玉詞章教仙侶叶爲

按歌宮羽叶皓月滿窗人何處叶聲永斷豆瑤臺路叶

《梁溪軼事》云：關子東避地梁溪，夢至廣寒宮。夾兩池水無纖塵，地無纖草，門鑰不啟。或告之曰：「呼月姊則開矣。」子東如其言，見二仙子霞彩煥髮，非復人間。引者曰：「月姊也。」子東再拜，因問往日梁溪之會，令歌《太平樂》猶記及否。子東歌之，復作《桂華明》云云。張邦基《墨莊漫録》云：宣和二年，子東僑寓毘陵郡崇安寺古柏苑中。一日忽夢臨水有軒，主人延客，年可五十，儀觀甚偉，元衣而美鬚髯。坐使兩女子以銅杯酌酒，謂子東曰：「自來歌曲新聲，先奏天曹，然後散落人間。他日東南休兵，有樂府曰《太平樂》，汝先聽其聲。」遂使兩女子舞，主人抵掌爲節。已而恍然而覺，猶能記其五拍，子東以詩紀之：「元衣仙子從雙鬟，緩節長歌一解顏。滿引銅杯效鯨吸，低徊紅袖作弓彎。舞留月殿春風冷，樂奏鈞天曉夢還。行聽新聲太平樂，先傳五拍到人間。」《詞林紀事》云：詞譜《瑞鷓鴣》，因子東詩句，又名《太平樂》，又名《五拍》，實七言八句也。惜乎子東夢中所記之五拍，今不傳矣。愚按：前二說互異，想傳聞異辭耳。太平樂調，至今未傳。關所作乃七言律詩，不得強配《瑞鷓鴣》調。五拍者僅記，其拍板不全，不得謂之別名，故不注。

《詞譜》以此爲《四犯令》別名。但前後兩次句是一領四字句，與《四犯令》不同，平仄亦異，宜分列。「溪」字一作「漢」，大誤。

春曉曲 二十七字　一名西樓月

朱敦儒

西樓月落鷄聲急韻夜浸疏香淅瀝叶玉人酒渴嚼春冰句曉色入簾橫寶瑟叶

因首句又名《西樓月》。舊譜於「香」字下增「寒」字，以湊合七言四句，謂即《阿那曲》。毛先舒《填詞名解》踵其誤，《詞律》雖辨其非，未能確指。今查張元幹詞，此句作「柳垂烟花帶霧」，可見當作六字句，足證舊譜之謬。且唐人調中七言絶句甚多，何獨與《阿那曲》相同乎？《詞名集解》又名《鷄叫子》，無據，故不注。「夜浸疏香」四字，一本作「依約疏桐」。「酒渴嚼」三字作「醉渴咽」。

雙鸂鶒 四十八字

拂破秋江烟碧韻一對雙飛鸂鶒叶應是遠來無力叶相偎稍下沙磧叶　小艇誰吹横笛叶驚起不知消息叶悔不當初描得叶如今何處尋覓叶

高拭詞注正宫，《九宫大成》入南詞正宫正曲。以次句立名，僅見此闋。「相偎稍下」四字，《詞律》及各本作「稍上相偎」，今據《詞律訂》本。

沙塞子 四十二字 塞一作磧

萬里飄零南越州韻引淚酒添愁叶不見龍樓鳳闕句又驚秋叶　九日江亭閒騁望句蠻樹瘴雲浮叶腸斷紅蕉花晚句水東流叶

唐教坊曲，名《沙磧子》。《九宫大成》入南詞大石調正曲。《能改齋漫録》云：朱希真流落嶺外九日，作《沙塞子》詞，不減唐人語。

「州」字，葉《譜》作「山」，屬下句。「添」字作「催」，「驚」字作「經」。「騁」字缺，「蠻樹」下多「遠」字，作兩三字句。「東」字作「西」。與各本異。

又一體 五十字

中秋無月　　周紫芝

秋雲微淡月微羞韻雲黯黯豆月彩難留叶只應是豆嫦娥心裡句也似人愁叶　幾時回步月移鈎叶人共月豆同上南樓叶卻重聽豆畫闌西角句月下輕謳叶

此與朱作不同，變體也。「黯」、「月」、「卻」可平。「秋」、「雲」、「嫦」、「人」可仄。

又一體 四十九字

詠梅　　葛立方

天生玉骨冰肌韻瘦損也豆知他爲誰叶寒窗底豆傲霜欺雪句不教春知叶　高樓橫笛試輕吹叶要一片豆花飛酒卮叶拚沉醉豆帽檐斜插句折取南枝叶

首句六字，餘同周作。《汲古》、《詞律》缺「窗」字，大誤。「欺」字作「凌」。

又一體四十九字　　趙彥端

春水綠波南浦韻漸理棹豆行人欲去叶黯消魂豆柳際輕烟句花梢微雨叶　長亭放艬無計住叶但芳草豆迷人去路叶忍回頭豆斷雲殘日句長安何處叶

此用仄韻，與葛作全合。「際」字，《汲古》作「上」。

聒龍謠九十九字

憑月攜簫句遡空秉羽韻夢踏絳霄仙去叶花冷街榆句悄中天風露叶並真官豆蕊佩芬芳句望帝所豆紫雲容與叶享鈞天豆九奏傳觴句聽龍嘯句看鸞舞叶　驚塵世豆悔平生句嘆萬感千恨句誰憐深素叶群仙念我句好人間難住叶勸阿母豆遍與金桃句教酒星豆剩斟瓊醑叶醉歸時句手授丹經句指長仙路叶

調見《樵歌》，本徽宗製。《詞律》失收。

《能改齋漫録》云：徽宗天才甚高，詩文而外，尤工長短句。嘗作《探春令》，又有《聒龍謠》、《臨江仙》、《燕山亭》等篇，皆清麗淒婉。愚按：原詞失傳。

朱凡二首，平仄照注。「感」字必仄聲。「長仙」二字相連。前後段第五句是一領四字句法，勿誤。「群仙」句，《詞譜》於「好」字斷句，誤。「蕊」、「阿」可平。「官」、「星」可仄。「聽」、「看」去聲。

孤鸞 九十八字

早梅

天然標格韻是小萼堆紅句芳姿凝白叶淡濘新妝淺句點壽陽宮額叶東君想留厚意句借年年豆與傳消息叶昨日前村雪裡句有一枝先折叶　念故人何處水雲隔叶縱驛使相逢句難寄春色叶試問丹青手句是怎生描得叶曉來一番雨過句更那堪豆數聲羌笛叶歸去和羹未晚句勸行人休摘叶

《九宮大成》入南詞小石調正曲，許《譜》同。

調見《太平樵唱》，前無作者。

「點壽陽」句，「有一枝」句，俱一領四字句，後段同。「想」、「厚」、「寄」三字，「一番」「一」字、「雨」字，皆用仄。各家同，不可易。「淡濘」句，《詞律》於「妝」字斷句，誤。當於「淺」字句。萬氏每以前後比較，此獨不然，何也？「去」字，葉《譜》作「來」亦誤。「小」、「淡」、「壽」、「與」，「昨」、「雪」、「故」、「水」、「驛」、「試」、「怎」、「曉」、「那」可平。「天」、「芳」、「前」、「難」、「丹」、「歸」、「行」可仄。

又一體 九十八字

馬子嚴

沙隄香軟韻正宿雨初收句落梅飄滿叶可奈東風句暗逐馬蹄輕捲叶湖波又還漲綠句粉牆陰豆日融烟暖叶驀地刺桐枝上句有一聲春喚叶　任酒簾飛動畫樓晚叶便指數燒燈句時節非遠叶陌

上叫聲句好是賣花行院叶玉梅對妝雪柳句鬧蛾兒豆像生嬌顫叶歸去争先戴取句倚寶釵雙燕叶

前後段第四、五句，上四、下六字，與朱作異。

又一體九十八字

以梅花爲趙孏裔壽　　張榘

荆溪清曉韻問昨夜南枝句幾分春到叶一點幽芳句不待隴頭音耗叶亭亭水邊月下句勝人間豆等閒豆花草叶此際風流誰似句有孏裔詩老叶　且向虚檐句淡然索笑叶任雪塵霜欺句精神越好叶最喜庭除下句映紫蘭嬌小叶孤山好尋舊約句況和羹豆用功宜早叶移傍玉階深處句趁天香繚繞叶

前段第四、五句同馬作，後段第五、六句同朱作。張又一首亦如此，然於「除」字斷句亦可通，惟换頭兩四字句則大異。「尋」字，《汲古》作「喜」，誤。

丹鳳吟百字

么鳳　　張翥

蓬萊花鳥韻記並宿苔枝句雙雙嬌小叶海上仙姝句喚緑衣歌笑叶芳叢有時遣探句聽東風豆數聲

啼曉叶月下人歸句淒涼夢醒句悵愁多歡少叶　念故巢猶在瘴雲杪叶甚閉入雕籠句庭院深悄叶信斷羈雌句遠鎮怨情縈繞叶翠襟近來漸短句看梅花豆又還開了叶縱解收香寄與句奈羅浮春杳叶

見《蜕巖詞》。名《丹鳳吟》，體格聲響與《孤鸞》無異，的是一調，與周邦彦正調不同，《詞律》未曾歸併。前後段第四、五句與張作同，惟前結兩四、一五字比《孤鸞》多二字。又一首缺二句十字。原集空格是遺脱，非另體也。「愁」字，《詞譜》作「別」，「雌」字作「棲」。

卓牌子近 七十一字

袁去華

曲沼朱闌句繚牆翠竹晴晝韻金萬縷豆搖搖風柳叶還是燕子歸時句花信來後叶看淡淨洗妝態句梅樣瘦叶春初透叶　盡日明窗相守叶閒供我焚香句伴伊刺綉叶睡眼瞢騰句今朝早是病酒叶那堪更豆困人時候叶

《詞譜》云：宋人填詞，有犯，有近，有促拍，有近拍。近者，其腔微近也。

調見《袁宣卿集》與《卓牌兒》及《卓牌子慢》皆不同。袁所創調，多用「近」字，皆與本調不同，宜各列。

「淨」字，葉《譜》作「瀞」。

傾杯近八十四字

邃館金鋪半掩句簾幕參差影韻睡起槐陰轉午句鳥啼人寂靜叶殘妝褪粉叶鬆髻欹雲慵不整叶儘無言豆手挼裙帶遶花徑叶　酒醒時句夢回處句舊事何堪省叶共載尋春句並坐調筝何時更叶心情盡日句一似楊花飛無定叶未黄昏豆又先愁夜永叶

亦見本集。與《傾杯樂》、《傾杯令》皆不同，故分列。《詞律》失收。

劍器近九十六字　器一作氣

夜來雨韻賴倩得豆東風吹住叶海棠正妖嬈處叶且留取叶悄庭户叶試細聽豆鶯啼燕語叶分明共人愁緒叶怕春去叶　佳樹叶翠陰初轉午叶重簾未捲句乍睡起豆寂寞看飛絮叶偷彈清淚寄湘波句見江頭故人句爲言憔悴如許叶彩箋無數叶去卻寒暄到了渾無定據叶斷腸落日千山暮叶

唐教坊曲名。有《劍器子》，又有《西河劍氣》。《宋史·樂志》云：教坊奏劍器曲，其一屬中吕宫，其一屬黄鐘宫。又有劍器舞隊。此云「近」者，其聲調相近也。《九宫大成》名《劍氣令》入南詞仙吕宫引。愚按：杜詩有《公孫大娘弟子舞劍器行》，是劍器舞始於唐，調名取此。

他無作者，《詞律》失收。

「飛」字，《歷代詩餘》作「風」，「湘」字作「烟」。今從《詞譜》。

風中柳 六十六字 或加令字 一名玉蓮花 謝池春 賣花聲

孫道絢 黃銖母

銷減芳容句端的爲郎煩惱韻鬢慵梳豆宮妝草草叶別離情緒句待歸來都告叶怕傷郎豆又還休道叶　利鎖名韁句幾阻當年歡笑叶更那堪豆鱗鴻信杳叶蟾枝高折句願從今須早叶莫辜負豆鳳幃人老叶

《九宮大成》入南詞羽調正曲。

《高麗史・樂志》加「令」字。孫詞一名《玉蓮花》。黃澄詞名《賣花聲》。

《詞律》未見此詞，僅收劉因詞，謂《謝池春》無此體。考校不清，以致分合不齊，難免疏漏之誚。

「草」、「又」、「信」、「鳳」四字必仄聲，第五句是一領四字句，勿誤。

又一體 六十四字

飲山亭留宿　劉因

我本漁樵句不是白駒空谷韻對西山豆悠然自足叶北窗疏竹叶南窗叢菊叶愛村居豆數間茅屋叶風烟草屨句滿意一川平綠叶問前溪豆今朝酒熟叶幽禽歌曲叶清泉琴築叶欲歸來豆故人留宿叶

前後段第四句叶韻。第五句比孫作少一字。

謝池春六十六字 陸游

賀監湖邊句初繫放翁歸棹韻小園林豆時時醉倒叶春眠驚起句聽啼鶯催曉叶嘆功名豆誤人堪笑叶　朱橋翠徑句不許京塵飛到叶掛朝衣豆東歸欠早叶連宵風雨句捲殘紅如掃叶恨樽前豆送春人老叶

此與孫作《風中柳》絲毫不爽。萬氏每於當合者分之，當分者反合之，體例不一，疏忽太甚。特録之以證其誤。

韻令七十六字 程大昌

是男是女句都有官稱韻兒孫仕也登叶時新衣著句不待經營叶寒時火櫃句春裡花亭叶星辰上履句我只喚卿卿叶　壽開八秩句兩鬢全青叶紅顔步武輕叶定知前面句大有年齡叶芝蘭玉樹句更願充庭叶爲詢王母句桃顆幾時頳叶

《唐教坊記》：有上韻、中韻。下韻三小曲，調名宜出於此。周煇《清波雜志》云：宣和間，衣着曰韻襭，果實曰韻梅，詞曲曰韻令。張世南《游宦紀聞》云：宣和間，市井競唱此《韻令》。見本集，《詞律》失收。

錦園春四十五字

張孝祥

醉痕潮玉韻剩柔英未吐句霧華如簇叶絶艷驚春句分流芳金谷叶　風梳雨沐叶耿空抱豆夜闌清淑叶杜老情疏句黄州賦冷句誰憐幽獨叶

調見《全芳備祖》，而《於湖集》未載。《詞律》失收。「驚」字，葉《譜》作「矜」。

拾翠羽六十八字

春入園林句花信總隨遲速韻聽鳴禽豆稍遷喬木叶夭桃弄色句海棠芬馥叶風雨霽句芳徑草心頻緑叶　禊事纔過句相次禁烟追逐叶想千年豆楚人遺俗叶青旗沽酒句各家炊熟叶良夜游句明月勝燒花燭叶

調見《於湖集》。他無作者。《詞律》失收。「年」字，各本作「載」，今從《詞譜》。

使牛子五十字

曹冠

晚天雨霽横雌霓韻簾捲一軒月色叶紋簟坐苔裀句乘興高歌飲瓊液叶　翠瓜冷浸冰壺碧叶荼蘼風生兩腋叶四坐沸歡聲句喜我投壺全中的叶

調見《燕喜詞》，未詳命名之義。《詞律》失收。

宜男草五十八字

范成大

舍北烟霏舍南浪韻雨翻盆豆灘流微漲叶問小橋豆别後誰過句惟有迷鳥羈雌來往叶　重尋山水問無恙叶掃柴荆豆土花塵網叶留小桃豆先試光風句從此芝草琅玕日長叶

調見《石湖詞》。陳三聘有和詞，平仄照注。《詞律》失收。

兩結八字句，以「惟有」二字、「從此」二字爲領句，勿誤。「雨翻盆灘」四字，知不足齋本，作「雲傾籬雨」。「小」可平。「灘」、「橋」、「迷」、「來」、「桃」、「芝」可仄。「過」平聲。

又一體 六十字

籬菊灘蘆被霜後韻裊長風豆萬重高柳叶天爲誰豆展盡湖光渺渺句應爲我豆扁舟入手叶　橘中曾醉洞庭酒叶輾雲濤豆掛帆南斗叶追舊游豆不減商山杳杳句猶有人豆能相記否叶

兩結各一二、一七字句，比前作各多一字。葉《譜》於「光」字、「山」字句，「渺」、「杳」二字叶韻，是閩音也。陳三聘和詞不分句，不叶。葉《譜》誤。

三登樂 七十一字

一碧鱗鱗句横萬里豆天垂吳楚韻四無人豆艣聲自語叶向浮雲豆西下處句水村烟樹叶何處繫船句暮濤漲浦叶　正江南搖落後句好山無數叶儘乘流豆興來便去叶對青燈豆獨自嘆句一生羈旅叶欹枕夢寒句又還夜雨叶

《九宮大成》入南詞南吕宫引。

亦見《石湖詞》。《漢書·食貨志》云：三考黜陟，餘三年食。進業曰登，再登曰平，餘六年食。三登曰泰平，調名取此。《詞律》失收。

「自」、「繫」、「漲」、「便」、「夢」、「夜」六字，必去聲，勿誤。前後段第三句用仄平去上，五句仄平平仄，六句平上去平，七句去平去上。格律謹嚴，宜守勿失。「一」、「水」、「一」可平。「何」可仄。「獨」作平聲。

又一體七十字　　陳三聘

南北相逢句重借問豆古今齊楚韻燭花紅豆夜闌共語叶悵六朝興廢句但倚空高樹叶目斷帝鄉句夢迷南浦叶　故人疏梅驛斷句音書有數叶塞鴻歸豆過來又去叶正春濃句依舊作豆天涯行旅叶傷心望極句淡烟細雨叶

此和范韻，而前段第四、五句各五字獨異。亦破句法也。

五雜組十八字

五雜組句同心結韻往復來句當窗月叶不得已句話離別叶

《石湖集》云：樂府有《五雜組》及《兩頭纖纖》，殆類小令。孔平仲最愛作此，以詞戲，故亦效之。此與後調，各譜皆不收。然《九張機》、《調笑》等調均已編列，此亦宋人作，何獨見遺。

又一體十八字

五雜組句迴文機韻往復來句錦梭飛叶不得已句獨畫眉叶

此用平韻。詞凡八首，今摘録平仄韻各一首。

兩頭纖纖二十八字

兩頭纖纖探官繭韻半白半黑鶴鷺緣叶腷腷膊膊上帖箭叶磊磊落落封侯面叶

說見前。

又一體二十八字

兩頭纖纖小秤衡韻半白半黑月未明叶腷腷膊膊扣户聲叶磊磊落落金盤冰叶

此亦平仄二韻。

此等詞雖屬戲作，已爲元曲之開山。録之以見詞變爲曲之漸有由來也。

望雲間九十六字

登代州南樓　趙可

雲朔南陲句全趙寶符句河山襟帶名藩韻有朱樓縹緲句千雉回旋叶雲度飛狐絶險句天圍紫

塞高寒叶弔興亡遺跡句咫尺西陵句烟樹蒼然叶　時移事改句極目傷心句不堪獨倚危闌叶惟是年年飛雁句霜雪知還叶樓上四時長好句人生一世誰閒叶故人有酒句一樽高興句不減東山叶

《淮海集》、《望海潮》百七字，共四調。

調見《翰墨全書》，是自度腔。舊譜注一名《望海潮》，考柳永《望海潮》與此迥不相符，決非一調，故不注。

琴調相思引四十六字　一名相思引　玉交枝（「交」或作「嬌」）

周紫芝

梅粉梢頭雨未乾韻淡烟疏日帶春寒叶暝鴉啼處句人在小樓邊叶　芳草只隨春恨長句塞鴻空傍碧雲還叶斷霞消盡句新月又嬋娟叶

《九宮大成》入南詞小石調引，許《譜》同。

袁去華詞名《相思引》，與《鏡中人》之別名不同。房舜卿詞名《玉交枝》，與《憶秦娥》之別名不同。或作《玉嬌枝》。「琴調」或作「琴挑」。《竹坡詞》名《定風波令》，誤。「淡」、「只」可平。「疏」、「人」、「芳」、「空」、「新」可仄。「長」去聲。

雨中花令七十字

吴興道中頗厭行役作此曲寄武林交舊

山雨細句泉生幽谷句水滿平田韻雪繭紅蠶熟後句黄雲隴麥秋間叶武陵烟暖句數聲鷄犬别是山川叶　嗟老去句倦游踪跡句長恨華顛叶行盡吴頭楚尾句空嘶萬壑千巖叶不如休也句一菴歸去句依舊雲山叶

調見《竹坡詞》，加「令」字。與《雨中花》及張先之《雨中花令》、《雨中花慢》皆不同。據原題當是自度曲，宜分列。

戀綉衾五十四字　一名淚珠彈

陸　游

不惜貂裘换釣篷韻嗟時人豆誰識放翁叶歸棹借風輕穩句數聲聞豆林外暮鐘叶　幽凄莫笑蝸廬小句有雲山豆烟水萬重叶半世向丹青看叶喜如今豆身在畫中叶

蔣氏《九宫譜目》注高大石調，《九宫大成》入南詞高大石調正曲。「綉」一作「香」。

韓淲詞有「淚珠彈猶帶粉香」句，名《淚珠彈》。

前無作者，與吕渭老《戀香衾》不同。

《歷代詩餘》云：起七字句必用拗體。其中間字句長短，皆歌聲頓挫處，不可游移，然宋人已有不盡遵者。論格調則不可不知也。

起句，陸次首平仄與史作同。前後段次句、四句，皆用仄平平平仄去平。各家皆同，勿誤。第三句或於第三字略逗，可不拘。「風借」二字，《汲古》作「樵風」。「不」、「棹」可平。「歸」可仄。

又一體五十四字　史達祖

吴梅初試澗谷春韻夜幽幽豆江雁叫雲叶人正在豆孤窗底句被濃愁豆釅破醉魂叶　雨窗只剩殘燈影句伴羅衣豆無限淚痕叶瘦骨怕豆紅綿冷句説年時豆斗帳夜分叶

首句用拗體，三句略逗。《詞律》於首四字注可平可仄，學者不知，易於牽混，特録此爲式較顯。本譜於四字連仄者皆不注，恐誤認也。「斗」字以上作平。辛棄疾一首於「人正在」句作七字，恐誤多一字，不録。

又一體五十六字　趙汝茪

柳絲空有萬千條韻繫不住豆溪頭畫橈叶想今宵豆也對新月句過輕寒豆何處小橋叶　玉簫臺榭春多少句溜啼痕豆盈臉未消叶怪别來豆胭脂慵傅句被東風豆偷在杏梢叶

前後段第三句各七字，比各家多一字。「痕盈臉」三字，《陽春》作「紅臉霞」。「頭」宜仄。

又一體五十三字　　蔣捷

蒨金小袖花下行韻過橋亭豆倚樹聽鶯叶被柳綫豆低縈鬟句紺雲垂豆釵鳳半橫叶　紅薇影轉晴窗晝句漾蘭心未到綉屏叶有一點豆春恨在句青蛾彎處又生叶

結句六字，恐誤脱一字。「晝」字一本作「畫」，《汲古》作「盡」。「有」字作「奈」，「彎」字作「鸞」，皆誤。「倚」字、「未」字宜平。「聽」去聲。

江月晃重山五十四字

芳草洲前道路句夕陽樓上闌干韻碧雲何處望雕鞍叶從軍客句躭樂不思還叶　洞裡仙人種玉句江邊楚客滋蘭叶鴛鴦沙暖鵁鶄寒叶菱花晚句不奈鬢毛斑叶

用《西江月》、《小重山》兩調串合，故名。《九宮大成》兩調皆入南詞雙調引，故可以相犯也。前無作者。「夕」、「不」可平。「芳」、「樓」、「躭」可仄。

綉停針九十八字

嘆半紀句跨萬里秦吴句頓覺衰謝韻回首鵷行句英俊並游句咫尺玉堂金馬叶氣凌嵩華叶負壯略豆

縱橫王霸叶夢經洛浦梁園句覺來淚流如瀉叶　山林定去也叶卻自恐豆說着少年時話叶靜院焚香句閒倚素屏句今古總成虛假叶趁時婚嫁叶幸自有豆湖邊茅舍叶燕歸應笑句客中又還過社叶

《九宮大成》入南詞越調正曲。

「並」、「素」二字必用去聲。「自」字，葉《譜》作「只」，一作「是」。「覺」、「說」、「着」作平。「過」平聲。

珍珠簾 百一字　珍一作真

燈前月下嬉游處韻向笙歌豆錦綉叢中相遇叶彼此知名句纔見便論心素叶淺黛嬌蟬風調別句最動人豆時時偷顧叶歸去叶想閒窗深院句調絃促柱叶　樂府叶初翻新譜叶謾裁紅點翠句閒題金縷叶燕子入簾時句又一番春暮叶側帽胭脂坡下過句料也計豆前年崔護叶休訴叶待從今句須與好花烟主叶

《九宮大成》入南詞仙呂宮引，又入雙調引。

黃凡二首，平仄如一。前無作者。「府」字非句，是藏韻，換頭處多有之。「燕子」二句兩五字，與前段異。亦可於「簾」字句。「過」字本作「路」，意較勝，但非叶韻。「蟬」字當是「鬢」字之訛。「向」、「樂」、「側」、「好」可平。「歌」、「深」、「初」、「須」可仄。「促」作平。

又一體百一字

春日客龜溪過貴人家隔墻聞簫鼓聲疑是按舞竚立久之　吴文英

密沉爐暖餘烟裊韻層簾捲句佇立行人官道叶麟帶壓愁香句聽舞簫雲杪叶恨縷情絲春絮遠句悵夢隔豆銀屏難到叶寒峭叶有東風垂柳句學得嬌小叶　還近綠水清明句嘆孤身如燕句將花頻繞叶細雨濕黄昏句半醉歸懷抱叶蠹損歌紈人去久句漫淚沾豆香蘭如笑叶書杳叶念客枕幽單句看春漸老叶

後起少叶兩韻。前後第三、四句同。上是上二下三，下是上一下四字，句法與陸異。「層簾捲」三字各本皆缺，今從《汲古毛扆校本》增。「杪」字，《汲古》、《詞律》作「渺」，「嬌」字作「腰」，亦從毛本改正。「得」作平。「看」平聲。

又一體百字

琉璃簾　周密

寶階斜轉春宵永句雲屏敞句霧捲東風新霽韻光動萬星寒句曳冷雲垂地叶暗省連昌游冶事句照炫轉豆熒煌珠翠叶難比叶是鮫人織就句冰綃清淚叶　猶記叶夢入瑤臺句正玲瓏透月句瓊鈎十二叶金縷逗濃香句接翠蓬雲氣叶縞夜梨花生暖白句浸瀲灩豆一池春水叶沉醉叶歸時人在句明河

影裡叶

兩起句不叶韻，換頭二字叶，結處「歸時」句少一字。

又一體百一字　　朱昕孫

春雲做冷春知未韻春愁在豆碎雨敲花聲裡叶海燕已尋蹤句到畫溪沙際叶院落鞦韆楊柳外叶待天氣豆十分晴霽叶春市叶又青簾巷陌句紅芳鼓吹叶　須信處處東風句又何妨對此句籠香覓醉叶曲盡索餘情句奈夜航催離叶夢滿冰衾身似寄叶算幾度豆吳鄉烟水叶無寐叶試明朝說與句西園桃李叶

前後第五句皆叶韻，換頭句不叶。「離」去聲。

又一體百一字

梨花　　張炎

綠房幾夜迎春曉句光搖動豆素月溶溶如水韻惆悵一株寒句記東閣閒倚叶近日花邊無舊雨句便寂寞豆何曾吹淚叶燭外叶漫羞得紅妝句而今猶睡叶　琪樹皎立風前句萬塵空啼獨挹飄然清

氣叶雅淡不成嬌句擁玲瓏春意叶落寞雲深詩夢淺句但一似豆唐昌宮裡叶元是叶是分明錯認句當時玉蕊叶

首句不起韻。後段次句一三、一六字，與吴作異。餘同。

彩鸞歸令 四十五字 一名青山遠

爲張子安舞姬作　張元幹

珠履爭圍韻小立春風趁拍低叶態閒不管樂催伊叶整朱衣叶　粉融香潤隨人勸句玉困花嬌越樣宜叶鳳城燈夜舊家時叶數他誰叶

袁去華詞名《青山遠》。

《本事詞》云：張元幹仲宗善詞翰，以《送胡邦衡》、《贈李伯紀》兩詞出名。其剛風勁節，人所共仰，然小詞每寄閒情，如爲張子安舞姬製《彩鸞歸》云云。

樓上曲 五十六字

樓上夕陽明遠水韻樓中人倚東風裡叶何事有情怨別離換平低鬟背立君應知叶平　東望雲山君去路三換仄羊腸迢遞盡愁處三叶仄明朝不忍見雲山四換平從今休傍曲闌干四叶平

此以起句立名。張有二首，平仄照注。

亦七言絶句體，與唐人《玉樓春》、《木蘭花》等調相同，惟四换韻，仄二平二。「上」字，《汲古》、《詞律》作「外」，「羊腸迢遞」四字作「腸斷迢迢」。「夕」、「有」、「盡」、「不」可平。「人」、「東」、「明」可仄。

瑤臺第一層 九十七字

寶歷祥開句飛練上句青冥萬里光韻石城形勝句秦淮風景句威鳳來翔叶臘餘春色早句兆鈞璜叶賢佐興王叶對熙旦句正格天同德句全魏分疆叶　熒煌叶五雲深處句化鈞獨運斗魁旁叶綉裳龍尾句千官師表句萬事平章叶景鍾文瑞世句醉尚方叶難老金漿叶慶垂裳叶看雲屏閒坐句象笏堆牀叶

陳無己《後山詩話》云：武才人出慶壽宫，色冠後庭，裕陵得之。會教坊獻新聲，爲詩作詞，號《瑤臺第一層》。「璜」字、「方」字，《詞律》疑是叶韻。張別作於「方」字用仄，「裳」字是叶。別作亦叶。「寶」、「五」、「獨」、「萬」可平。「威」、「賢」、「全」、「深」、「師」、「方」、「難」可仄。「格」作平。

又一體 九十七字

趙與鉚

嶰管聲催韻人報道豆姮娥步月來叶鳳燈鸞炬句寒輕簾箔句光泛樓臺叶萬年春未老句更帝鄉豆日

月蓬萊叶從仙仗句看星河銀界句錦綉天街叶　歡陪叶千官萬騎句九霄人在五雲堆叶赭袍光裡句星球宛轉句花影徘徊叶未央宫漏永句散異香龍闕崔巍叶翠輿回叶奏仙韶歌吹句寶殿樽罍叶

《古今詞語》云：元祐時，宗室能詞者衆，如嗣濮王仲御《瑶臺第一層》云云。愚按：此詞自是應製之作，與御爲燕昭王十世孫，是淳祐時人。《古今詞話》元元祐時誤。「嶰」可平。「寒」、「簾」、「光」、「星」、「龍」可仄。

四犯令五十字　一名四和香　　　侯寘

月破雲輕天淡注韻夜悄花無語叶莫聽陽關牽離緒叶拚酩酊豆花深處叶　明日江郊芳草路叶春逐行人去叶不似酴醿開獨步叶能着意豆留春住叶

李處全詞名《四和香》。

《詞律》云：題名《四犯》，必犯四調，或每句犯一調。愚按：字句與黄庭堅《一絡索》同。所犯四調，音節未詳，不必在字句間也。「雲輕」二字，《汲古》作「輕雲」，誤。

遥天奉翠華引九十字

雪消樓外山韻正秦淮豆翠溢回瀾叶香梢荳蔻句紅輕猶怕春寒叶曉光浮畫戟句捲綉簾豆風暖玉

鈎閒叶紫府仙人句花圍羽帔星冠叶　蓬萊閬苑句意倦游豆常戲人間叶佩鱗江左句舊都襦釵聲歡叶只恐催歸覲句宴清都豆休訴酒杯寬叶明歲應看句鈎容舞袖歌鬟叶

《九宮大成》入南詞大正調正曲，許《譜》同。

此調僅見此首，自是創製。

「溢」字，《汲古》、《詞律》作「蘊」，「人間」「人」字作「世」，「聲」字作「歌」，「江左舊都」四字作「舊都江左」。「鈎容」上多「君」字，《詞譜》作「盛」。宋時有鈎容班，不應上多一字，明係衍文，今從《詞律訂》本。「暖」字，葉《譜》作「軟」。

亭前柳 五十五字

梅　　朱雍

拜月南樓上句面嬋娟豆恰對新妝韻誰憑闌干處句笛聲長叶追往事句遍淒涼叶　看素質臨風銷瘦盡句粉痕輕豆依舊真香叶瀟灑春塵境句過橫塘叶度清影句在迴廊叶

《九宮大成》入南詞越調。

朱有梅詞二卷，此體二首疊韻，平仄照注。石孝友有五十八字一首，因俳體不録。《詞律》以此調與《廳前柳》（亭廳音相近）決爲一調。然前起三句不同，宮調各別，宜分列。「往」、「看」、「粉」、「度」可平。「娟」、「輕」、「依」、「清」可仄。

尋芳草五十二字　一名王孫信

嘲陳莘叟憶內　辛棄疾

有得許多淚韻更閒卻豆許多鴛被叶枕頭兒豆放處都不是叶舊家時豆怎生睡叶　更也沒書來句那堪被豆雁兒調戲叶道無書豆卻有書中意叶排幾個豆人人字叶

《詞譜》注南吕宮。稼軒詞自注又名《王孫信》。

此調他無作者。《圖譜》所注句讀固非，《詞律》所注平仄亦未確。

錦帳春六十字

杜叔高席上

春色難留句酒杯常淺韻更舊恨豆新愁相間叶五更風句千里夢句看飛紅幾片叶這般庭院叶　幾許風流句幾般嬌懶叶問相見豆何如不見叶燕飛忙句鶯語亂句恨重簾不捲叶翠屏天遠叶

此調前無作者。

「亂」字偶合，非叶。「更舊」「更」字，葉《譜》作「把」。「天」字，葉《譜》作「平」。

又一體五十七字

淮東陳提舉清明奉母夫人游徐仙翁菴　戴復古

處處逢花句家家插柳韻正寒食豆清明時候叶奉板輿行樂句是星使隨後叶人間稀有叶　出郭尋仙句綉衣春晝叶馬上列豆兩行紅袖叶對韶華一笑句勸夫人酒叶百千長壽叶

與邱作同，只前段第五句多一字。「星使」上，《汲古》、《詞律》缺「是」字，從《詞律訂》增。「夫人」二字作「國夫」誤，從《歷代詩餘》訂正。

又一體五十六字

己未孟冬樂淨見梅英作　邱宻

翠竹如屏句淺山如畫韻小池面豆危橋一跨叶著樓亭臨水句宛然郊野叶竹籬茅舍叶　好是天寒句倍添妍雅叶正雪意豆垂垂欲下叶更朦朧月影句弄晴初夜叶梅花動也叶

前後段第四句各五字，比辛作各少一字。

一枝花 九十字　或加喝馬二字

醉中戲作

千丈擎天手韻萬卷懸河口叶黃金腰下印句大如斗叶任千騎弓刀句揮霍遮前後叶百計千方久叶似鬥草兒童句贏個他家偏有叶

算枉了豆雙眉長皺叶白髮空回首叶那時閒說向句山中友叶看丘壟牛羊句更辨賢愚否叶且自栽花柳叶怕有人來句但只道豆今朝中酒叶

《太平樂府》注南呂調，《九宮大成》入南詞南呂宮引，又入北詞南呂調隻曲。

一名《佔春魁》。

牛真人詞名《喝馬一枝花》。

《詞名集解》云：唐天寶中，常州刺史滎陽公子應舉，狎長安娼女李娃。娃後封汧國夫人。夫人初名一枝花，即以其名爲調。《綉襦記》即其事。

《詞律》以此調與《滿路花》、《滿園花》相似，且亦有「花」字，定爲一調。愚按：字句與秦、周兩作多「任」字、「似」字、「算枉了」三字、「更」字、「但」字，共七字。原屬襯字，但宮調不同，或因舊調加以襯字，變立新聲耳。姑分列俟考。

前後段第五句是一領四字句，與別句不同。「任」字，《汲古》、《詞律》作「更」，「中」字，《詞律》作「病」。今從葉《譜》本。

黄鶴洞仙五十字　馬鈺

終日駕鹽車句鞭棒時時打韻自數精神久屈沉句如病馬叶怎得優游也叶　伯樂祖師來句見後頻嗟訝叶巧計多方贖了身句得志馬叶須報師恩也叶

調見元彭致中《鳴鶴餘音》。《詞律》不收。

考鈺號丹陽子，寧海州人。濰縣玉清宫有《滿庭芳》詞石碑，尾有大定戊申吴似之跋。是爲金人，當在淳熙時。各本皆列入元，誤。

《詞譜》云：重押兩「馬」字、兩「也」字，想其體例應爾。惜無别首可校。「數」字當是「嘆」字之訛。

春從天上來百三字　吴激

會寧府遇老姬善鼓瑟自言梨園舊籍

海角飄零韻嘆漢苑秦宫句墜露飛螢叶夢回天上句金屋銀屏叶歌吹競舉青冥叶聞當時遺譜句有絶藝豆鼓瑟湘靈叶促哀彈句似林鶯嚦嚦句山溜泠泠叶　梨園太平樂府句醉幾度春風句鬢髮星星叶舞徹中原句塵飛滄海句風雪萬里龍庭叶寫胡笳幽怨句人憔悴豆不似丹青叶酒微醒叶一軒涼月句燈火青熒叶

《九宫大成》入南詞仙吕宫正曲。

《古今詞話》云：吴彦高在會寧府，遇一老姬善琵琶者，自言故宋梨園舊籍。彦高對之淒然，爲賦《春從天上來》詞云云。《中州樂府》云：好問曾見王防禦公玉説彦高此詞，句句用琵琶故實，引據甚明，今忘之矣。黄昇云：三山鄭中卿從張貴謨北使時，聞彼中有歌之者。一本「一軒」句上多「對」字，與前段合。原應有一字，然吴易、周伯陽兩作，此句亦四字，是當時有此體也。「髮」字，葉《譜》作「變」。「海」、「漢」、「墜」、「夢」、「有」、「鼓」、「樂」、「幾」、「鬢」、「萬」、「一」可平。「天」、「歌」、「遺」、「梨」、「風」、「涼」、「燈」可仄。「吹」去聲。「絶」作平。

又一體百六字

己亥春復回西湖飲静傳董高士樓作此解以寫我憂　　張　炎

海上回槎韻認舊時鷗鷺句猶戀蒹葭叶影散香消句水流雲在句疏樹十里寒沙叶難問錢塘蘇小句都不見豆擘竹分茶叶更堪嗟叶似荻花江上句誰弄琵琶叶　烟霞叶自延晚照句盡換了西林句窈窕紋紗叶蝴蝶飛來句不知是夢句猶疑春在鄰家叶一掬幽懷難寫句春何處豆春已天涯叶減繁華叶是山中杜宇句不是楊花叶

前後段第七句各六字，九句及換頭二字皆叶韻，而前第四、五句平仄亦與吴作異。詞至南宋前後，琢鍊整齊，於此可見。《詞律》不收此體，罥漏實多。「似」字一本作「向」。「似荻花」二句，或作「嘆餘音裊裊，卻是琵琶」。「林」字作「陵」，「一掬」句作「未必銅駝解語」。兩「春」字作「人」。「是山中」三字作「且休嫌」。「不是」二字作「莫是」，或作「只恨」。張集《山中白雲詞》異同最多。或傳聞異辭，或後來改竄，難以臆定。惟從初最善之本可也。

又一體百四字

見故宮人感賦　　王惲

羅綺深宮韻記紫袖雙垂句當日昭容叶錦封香重句彤管春融叶帝座一點雲紅叶正臺門事簡句更捷奏豆清晝相同叶聽鈞天句侍瀛池内宴句長樂歌鐘叶　回頭五雲雙闕句恍天上繁華句玉殿珠櫳叶白髮歸來句昆明灰冷句十年一夢無踪叶寫杜娘哀怨句和淚點豆彈與孤鴻叶淡長空叶看五陵何似句無樹秋風叶

此與吴作全合，惟後結多一「看」字。

梅弄影四十八字　　邱密

雨晴風定韻一任春寒逞叶要勒群芳未醒叶不廢梅花句晚來妝面艷叶　曲闌斜凴叶水聯臨清鏡叶翠竹蕭騷相映叶付與幽人句巡池看弄影叶

詞見本集《詠梅》詞，取末句爲名。

「幽」字，葉《譜》作「詩」。「看」平聲。

飛龍宴九十九字　　蘇氏

炎炎暑氣時句流光閃爍句閒扃深院韻水閣涼亭句半開簾幕遙見叶灼灼榴花吐艷叶細雨灑豆小荷香淺叶樹陰竹影句清涼瀟灑句枕簟搖紈扇叶　堪嘆叶浮世忙如箭叶對良辰歡樂句莫辭頻勸叶遇酒逢歌句恣情遂意迷戀叶須信人生聚散叶奈區區豆利牽名絆叶少年未倦叶良天皓月金樽滿叶

琴曲名有《飛龍引》，《九宮大成》亦有《飛龍引》。

調見《花草粹編》。原注吳七郡王姬蘇小娘製。考吳琚，世稱吳七郡王，見《書史會要》。「見」字，《詞譜》作「看」，不注叶。今從葉《譜》。

月上海棠七十二字　或加慢字　　黨懷英

傲霜枝裊句團珠蕾冷句香霏烟雨晚秋意韻蕭散繞東籬句尚彷彿豆見山清氣叶西風外句夢到斜川栗里叶　斷霞魚尾明秋水叶帶三兩飛鴻點烟際叶疏樹颯秋聲句似知人豆倦游味叶家何處句落日西山紫翠叶

金詞注雙調。《九宮大成》入南詞仙呂宮引，十句五十七字，與本宮正曲不同。

曹勛詞加「慢」字。

調見《梅苑》惜詞缺佚，或即曹勛作也。「晚」、「栗」、「點」、「紫」四字宜用仄聲。「尾」字，據各家詞不是叶。

又一體七十字　一名玉闗遥　　陸　游

蘭房綉户厭厭病韻嘆春酲豆和夢甚時醒叶燕子空歸句幾曾傳豆玉闗遥信信傷心處句獨展團窠瑞錦叶　熏籠消歇沉烟冷叶淚痕深豆展轉看花影叶漫擁餘香句怎禁他豆峭寒孤枕叶西窗曉句幾聲銀瓶玉井叶

此詞因第四句，又名《玉闗遥》。

起句七字，次句八字，與後段合。黨詞是破句也。兩三句各四字，與黨作異。陸詞用韻最嚴，此詞獨雜。《詞律》云：「酲」字、「深」字，暗用平韻。其别作用真韻，此處用「亡」字、「香」字，豈能通叶？此説大謬。「夢」字，《汲古》、《詞律》作「悶」，「遥」字作「音」，《汲古》作「邊」，皆誤。今據《詞律訂》本。「展」可平。「遥」、「消」可仄。「厭」、「禁」平聲。「看」去聲。

又一體七十字　　段克己

住山活計宜閒早韻身世滄溟一漚小叶日月兩跳丸句迭送人間昏曉叶朱顔换句風雪俄驚歲杪叶

弊衣旋補荷盈沼叶算騎鶴豆揚州古今少叶休苦似吳蠶句卻枉把豆此身纏繞叶君知否句我自無心可了叶

前段起句七字，與陸作同。次句、三句與黨作同。四句六字，比黨、陸少一字。後段與黨作全同。段成己和韻一首，與此無異。《詞律》云聲響不同，殊不可解。

又一體九十一字　姜夔

紅妝艷色句照浣花溪影句絕代殊麗韻弄輕風搖蕩句滿林羅綺叶自然富貴天姿句都不比豆等閒桃李叶簾櫳靜句悄悄月上句正貪春睡叶　長記叶初開日句逞妖艷豆如與人面爭媚叶遇韶光一瞬句便成流水叶對此自嘆浮華句惜芳菲豆易成憔悴叶留無計叶惟有花邊盡醉叶

《詞譜》云：見《白石歌曲》自注夾鐘商。考《白石歌曲》無此調，且語意庸俗，不似白石手筆。定是誤寫人名，或即曹勛作，應加「慢」字。

此與黨、陸兩作皆異，惟結處略同。或因舊調衍爲慢曲，並非另製，故附列。「月上」作平平。

又一體九十一字　陳允平

游絲弄晚句捲簾開看句燕重來時候韻正鞦韆亭榭句錦窠春透叶夢回裍浴華清句凝溫泉豆絳綃

微綃叶芳陰底句人立東風句露華如畫叶　宜酒叶啼香淚薄句醉玉痕深句與春同瘦叶想當年金谷句步帷初綉叶彩雲影裡徘徊句嬌無語豆夜寒歸後叶鶯窗曉句花間重攜素手叶

見《日湖漁唱》。與姜作同，惟前段次句四字，三句五字，後段起處一二字，三四字句略異。

蕊珠間 七十五字

趙彥端

浦雲融句梅風斷句碧水無情輕度韻有嬌鶯上林梢句向春欲舞叶緑烟迷晝句淺寒欺暮叶不勝小樓凝佇叶　倦游處叶故人相見易阻叶花事從今堪數叶片帆無恙句好在一篙新雨叶醉袍宮錦句畫羅金縷叶莫教恨傳幽句叶

前段第四句，《歷代詩餘》作「有嬌鶯上林梢」，《汲古》、《詞律》作「有嬌黃上林梢」。愚按：「黃」字當是「鶯」字之訛，「悄」字當是「梢」字之訛，今訂正。「融」字，葉《譜》作「濃」，「恨」字作「亂」。

月中桂 百四字

送杜仲微赴闕

露醑無情句送長歌未終句已醉離別韻何如暮雨句釀一襟涼潤句來留佳客叶好山侵座碧句勝昨

夜豆疏星淡月叶君欲翩然去句人間底許句員嶠問帆席叶　詩情病非疇昔叶賴親朋對影句且慰良夕叶風流雨散句定幾回腸斷句能禁頭白叶爲君煩素手句薦碧藕豆輕絲素雪叶去去江南路句猶應水雲秋共色叶

此無他作可證，想係自製。《詞譜》以趙孟頫《月中仙》爲一調，然《月中仙》爲天基聖節排當樂名，當是創製，句調偶同，似宜分列。

「未」、「醉」、「暮」、「淡」、「問」、「慰」、「雨」、「素」、「共」諸仄聲字勿誤，用去更妙。《詞律》云：領句字尤須去聲居多，何待言耶？又云：「影」字不可用去，殊不可解。「素」字，《汲古》作「細」。「禁」平聲。

三姝媚 九十九字

杜良臣

花浮深岸樹句迎新曦窗影句細觸游塵韻映葉青梅句記共折南枝句又及嘗新叶駐屐危亭句烟墅杳豆風物撩人叶虹外斜陽留晚句鶯邊落絮催春叶　心事應辜桃葉句但自把新詩句遍寫修筠叶恨滿芳洲句倩晚風吹夢句暗逐江雲叶慢撚輕攏句幽思切豆清音誰聞叶謾有鴛鴦結帶句雙垂綉巾叶

《九宮大成》入南詞小石調正曲，許《譜》同。

《唐樂府》：董思恭有三婦艷，取以名調。或加「曲」字。

此見《陽春白雪》，作杜子卿。考杜子卿名良臣，名見董史《皇宋書録》。書成於淳熙□年，當是淳熙以前人。

此用平韻，「風物（作平）撩人」、「清音誰聞」用四平，勿誤。「物」作平，「思」去聲。

又一體九十九字　史達祖

烟光搖縹瓦韻望晴檐多風句柳花如灑叶錦瑟橫牀句想淚痕塵影句鳳絃常下叶倦出犀帷句頻夢見豆王孫驕馬叶諱道相思句偷理綃裙句自驚腰衩叶　惆悵南樓遥夜叶記翠箔張燈句枕肩歌罷叶又入銅駝句遍舊家門巷句首詢聲價叶可惜東風句將恨與豆閒花俱謝叶記取崔徽模樣句歸來暗寫叶

此用仄韻，宋人多從此體。「晴檐多風」四字必平聲，尾句「暗寫」用去上，各家同。惟張炎於次句用仄仄仄平平，詹正於末用「烟雨」二字，不可從。「記」字，《詞譜》作「省」，「來」字作「時」。「夢」、「諱」、「舊」可平。「烟」、「頻」、「王」、「將」、「閒」可仄。

又一體百一字

姜石帚館水磨方氏會飲總宜堂即事毛荷塘　吴文英

酣春清鏡裡韻照清波明眸句暮雲愁髻叶半緑垂絲句正楚腰纖瘦句舞衣初試叶燕客飄零句烟樹冷豆青驄曾繫叶畫館朱橋句還把清樽句慰春憔悴叶　離苑幽芳深閉叶恨淺薄東風句褪香消膩叶彩箋翻歌句最賦情偏在句笑紅顰翠叶暗拍闌干句看散盡豆斜陽船市叶付與嬌鶯句金衣清

曉句花深未起叶

「髻」字《汲古》作「斂」，失韻，或「翳」字之訛。結尾用四字三句，與史作異。然「嬌鶯」與「金衣」連用重複，或誤多二字。又一首於前後第五句、六句作一三、一六字，可不拘。

又一體九十九字　　　薛夢桂

薔薇花謝去韻更無情句連夜送春風雨叶燕子呢喃句似念人憔悴句往來朱户叶漲緑烟深句早零落豆點池萍絮叶暗憶年華句羅帳分釵句又驚春暮叶　芳草淒迷征路叶待去也句還將畫輪留住叶縱使重來句怕粉容消膩句卻羞郎覷叶細數盟言猶在句悵青樓何處叶綰盡垂楊句爭似相思寸縷叶

後段第七、八句，一六、一五字，破句法也，與各家異。前後次、三句，一三、一六字，結句一四、一六字，亦異。

番搶子七十五字　一名春草碧　　　完顔璹

幾番風雨西城陌韻不見海棠紅句梨花白叶底事勝賞匆匆句政自天付酒腸窄叶更笑老東君句人間客叶　賴有玉管新翻句羅襟醉墨叶望中倚闌人句如曾識叶舊夢回首何堪句故苑春光又陳

蹤叶落盡後庭花句春草碧叶

唐教坊曲名有《番將子》，或音近訛傳，即此名歟？

前無作者，自是創製。李獻能詞名《春草碧》，韓玉一首結句亦用「春草碧」三字，與此同。當用入聲韻爲宜。

「酒」字、「醉」字、「又」字宜用仄聲，韓作同。

愚按：金與南宋相終始，若分正閏統，則時代錯亂，難以次序。兹編專叙時代，故附列以歸一例。「底」、「事」、「勝」、「政」、「自」、「望」、「舊」、「夢」、「故」、「苑」、「落」、「草」可平。「番」、「襟」、「中」、「回」、「光」、「陳」可仄。

春草碧 七十五字

李獻能

紫簫吹破黃昏月韻歘歘小梅花句飄香雪叶寂寞花底風鬟句顏色如花命如葉叶千里涴凝塵句凌波襪叶　心事聯影鸞孤句箏絃雁絶叶舊時雪堂人句今華髮叶腸斷金縷新聲句杯深不覺琉璃滑叶醉夢繞南雲句花上蝶叶

此與《番搶子》無異，因完顏、韓兩作末句，故變名《春草碧》，與萬俟詠九十八字正調不同。萬氏好歸併調名，獨此詞附万俟後，不知即《番搶子》別名，未免疏忽，今訂正類列。「琉」宜仄。「上」可平。

鶯啼序 二百四十字

高似孫

屈原《九歌·東皇太一》春之神也。其詞凄然，含意無盡。略採其意，以度春曲。

青旗報春來了句玉鱗鱗風旎韻陳瑶席豆新奏琳琅句窈窕來薦嘉祉叶桂酒洗瓊芳句麗景暉暉句日夜催紅紫叶湛青陽新沐句人聲淡蕩花裡叶　光泛崇蘭句坼遍桃李叶把深心料理叶共攜手豆蘅室蘭房句奈何新恨如此叶對佳時豆芳情脈脈句眉黛蹙豆羞搴瓊珥叶折微馨豆聊寄相思句暮愁如水叶　青蘋再轉豆淑思菲菲句春又過半矣叶細雨濕香塵句未曉又止叶莫教一鳩無聊句群芳亹亹叶傷情漠漠句淚痕輕洗叶曲瓊桂帳流蘇暖句望美人豆又是論千里叶佳期杳渺句香風不肯爲媒句可堪玩此芳芷叶　春今漸歇句不忍零花句猶戀餘綺叶度美曲造新聲句樂莫樂此新知句思美人兮句有花同倚叶年華做了句功成如委叶天時相代何日已叶悵春功豆非與他時比叶殷勤舉酒酬春句春若能留句□還自喜叶

《九宫大成》入南詞商調正曲。

見《陽春白雪》。此調舊説始於吴文英，然高似孫爲淳熙間人，在吴數十年前，可見不始於吴也。或云始於黄在軒（在軒名公紹，宋末人）更非。

通體與吴第一首同。惟三段第三句四字，四、五句各六字，與汪元量同。但四句不叶韻，餘則互異。

又一體二百四十字

春晚感懷　吴文英

殘寒正欺病酒句掩沈香綉户韻燕來晚豆飛入西城句似説春事遲暮叶畫船載豆清明過卻句晴烟

冉冉吴宫樹叶念羈情游蕩句隨風化爲輕絮叶　十載西湖句傍柳繫馬句趁嬌塵暖霧叶溯迴漸豆招入仙溪句錦兒偷寄幽素叶倚銀屏豆春寬夢窄句斷紅濕豆歌紈金縷叶暝堤空句輕把斜陽句總還鷗鷺叶　幽蘭旋老句杜若還生句水鄉尚寄旅叶別後訪豆六橋無信句事往花萎句瘞玉埋香句幾番風雨叶長波妒盼句遥山羞黛句漁燈分影春江宿句記當時豆短楫桃根渡叶青樓彷彿句臨分敗壁題詩句淚墨慘淡塵土叶　危亭望極句草色天涯句嘆鬢侵半苧叶暗點檢豆啼痕歡唾句尚染鮫綃句亸鳳迷歸句破鸞慵舞叶殷勤待寫句書中長恨句藍霞遼海沉過雁句漫相思豆彈入哀箏柱叶傷心千里江南句怨曲重招句斷魂在否叶

《詞譜》云：始於吴文英。此調字數最長，各家多有參錯，今備列以俟採擇。吴共三首，此首最有法度，故以爲式。首段第五、六句各七字，三段四、五、六句，兩四字，少叶一韻。九句不叶。四段三句五字，四、五句，一七、一四字，九、十兩句皆不叶。與高作異。

首段結句，《詞律》作一三、兩四字，非。次段次句去上去上，四仄聲。亦有用去上平上者。「綉」、「暖」、「寄」、「半」四字及「夢」、「過」、「在」三字，皆仄聲爲要，去聲更妙。「暖」字，《汲古》作「軟」，「迴」字作「紅」，誤。「淚」字一作「痕」，用平者多，姑兩存之。「輕」字，葉《譜》作「飛」。「說」作平。「萎」平聲。

又一體 二百四十字　吴文英

豐樂樓，節齊新建此樓。夢窗淳熙十一年二月甲子作是詞，大書於壁，望幸焉。

天吴駕雲閬海句凝香空燦綺韻倒銀海豆蘸影西城句四碧天鏡無際叶彩翼曳豆扶摇宛轉句雩龍降尾交新霽叶近玉虚高處句天風笑語吹墜叶　清濯緇塵句快展曠眼句傍危闌醉倚叶面屏障豆一一鶯花句薜蘿浮動金翠叶慣朝昏豆晴光雨色句燕泥動句紅香流水叶步新梯句藐視年華句頓非塵世叶　麟翁衮舄句領客登臨句座有誦魚美叶翁笑起豆離席而語句敢詑京兆句以後爲功句落成奇事句朋良慶會句賡歌熙載句隆都觀國多閒暇句遣丹青句雅飾繁華地叶平瞻太極句天街潤納璇題句露牀夜沈秋緯叶　清風觀闕句麗日罘罳句正午長漏遲叶爲洗盡豆脂痕茸唾句淨捲麴塵句永晝低垂句綉簾十二叶高軒駟馬句峨冠鳴佩叶班回花底修禊飲句御爐香豆分惹朝衣袂叶碧桃數點飛花句湧出宫溝句遡春萬里叶

《汲古》名《豐樂樓》。愚按：此是原題，并非調名，故削之。

《武林舊事》云：豐樂樓舊爲衆樂亭，又改聳翠樓，政和中改今名。淳祐間，趙京尹與竹篦重建，宏麗爲湖山冠，春時游人繁甚。舊爲酒肆，後以學館致争，爲朝紳同年會拜鄉會之地。吴夢窗嘗大書所賦《鶯啼序》於壁，一時爲人傳誦。《詞律》第三段第三句「魚」字用平。第四段第三句「遲」字音滯，叶韻。九句「珮」字亦叶，與高作合。餘同前作。《詞律》謂以平叶仄，非也。《汲古》缺「惹」字，誤。「遡」字一作「陽」。「碧」、「席」、「十」作平。「觀」、「遲」去聲。

又一體 二百四十字

詠荷和趙修全韻　　吴文英

橫塘穿棹艷錦句引鴛鴦弄水韻斷霞晚豆笑折花歸句紺紗低護燈蕊叶潤玉瘦冰輕倦浴句斜拖鳳

股盤雲墜叶聽銀牀聲細句梧桐漸覺涼思叶　窗隙流光句過如迅羽句愬空梁燕子叶誤驚起豆風竹敲門句故人還又不至叶記琅玕豆新詩細搯句早陳跡豆香痕纖指叶怕因循句羅扇恩疏句又生秋意叶　西湖舊日句畫舸頻移句嘆幾縈夢寐叶霞珮冷豆疊瀾不定句麝藹飛雨句乍濕鮫綃句暗盛紅淚叶綀單夜共句波心宿處句瓊簫吹月霓裳舞句向明朝豆未覺花容悴叶嫣香易落句回頭淡碧鎖烟句鏡空畫羅屏裡　殫蟬度曲句唱徹西園句也感紅怨翠叶念省慣豆吴宮幽憩句暗柳追涼句曉岸參斜句露零鷗起叶絲縈寸藕句留連歡事叶桃笙平展湘浪影句有昭華穠李冰相倚叶如今鬢點淒霜句半篋秋詞句恨盈蠹紙叶

原題一作《橫塘曲》，與第二首同，平仄微異。「穿棹」二字，《丁稿》作「棹穿」，「紺紗低」三字作「紅紗籠」，「覺」字作「攬」，「過如」二字作「冉冉」。「不」作平。

又一體 二百三十四字　　黄公紹

銀雲捲情縹緲句卧長龍一帶韻柳絲蘸豆幾簇柔烟句雨市簾櫳如畫叶芳草岸豆灣環半玉句鱗鱗曲港雙流會叶看碧天連水句翻成箭樣風快叶　白露橫江句一葦萬頃句問靈槎何在叶空翠濕豆衣不勝寒句日華金掌沆瀣叶甃花平豆緑紋襯步句瓊田涌出神仙界叶黛眉修句依約霧鬟句在秋波外叶　閣嘘青蜃句檐啄彩虹句飛蓋蹴鼇背叶燈火暮豆相輪倒景句偷睇別浦句片片歸帆句舞蛟幽壑句棲鴉古木句有人翦取秋水句憶細鱗巨口魚堪膾叶波涵笠澤句時見靜影浮光句霏陰

萬貌千態叶　蒹葭深處句應有閒鷗句寄語休見猜句洗卻香紅塵面句買個扁舟句身世飄萍句名利微芥叶闌干拍遍句除東曹掾句與天隨子是我輩叶儘胸中着得乾坤大叶亭前無限驚濤句總把遥岑句月明滿載叶

次段第七句，上四、下三句法。三段第九句六字，比吴作少一字。上又少一四字句。四段第三句不叶韻，與吴作《横塘曲》用「猜」字同。《詞律》謂以平叶仄，或亦誤讀吴作「遲」字爲平。四句六字，又少一字。其餘平仄亦不盡同。

又一體二百三十六字

重過金陵　汪元量

金陵故都最好句有朱樓迢遞韻嗟倦客豆又此憑高句檻外已少佳致叶更落盡梨花句飛盡楊花句春也成憔悴叶問青山豆三國英雄句六朝奇偉叶　麥甸葵丘句荒臺敗壘句鹿豕銜枯薺叶正潮打孤城句寂寞斜陽影裡叶聽樓頭豆哀笳怨角句未把酒豆愁心先醉叶漸夜深豆月滿秦淮句烟籠寒水叶　淒淒慘慘句冷冷清清句燈火渡頭市叶慨商女豆不知興廢叶隔江猶唱庭花句餘音亹亹叶傷心千古句淚痕如洗叶烏衣巷口青蕪路句認依稀王謝舊鄰里叶臨春結綺叶可憐紅粉成灰句蕭索白楊風起叶　因思疇昔句鐵索千尋句漫沉江底叶揮羽扇句障西塵句便好角巾私第叶清談到底成何事叶回首新亭句風景今如此叶楚囚對泣何時已叶嘆人間今古成兒戲叶東風歲歲還來句吹入鐘山句幾重蒼翠叶

首段結句一三、兩四字，次段第四句五字，三段四句七字，比高作各少二字。十一句「綺」字叶韻，四段六句亦叶。七、八、九句，一七、一四、一五字，與高作句法異，餘同。「嗟」字，一本作「嘆」，「憑」字作「高」，「孤」字作「空」，「何時」二字作「何如」，不如此本較勝。

又一體 二百四十字

壽胡仔齋　趙文

初荷一番濯雨句錦雲紅尚捲韻隘華屋豆賦客吟仙句候望南極天遠叶還報道飄然紫氣句山奇水勝都行遍叶卻歸來領客句水晶庭院開宴叶　窗户青紅句正似京洛句按笙歌一片叶似別有豆金屋佳人句桃根桃葉清婉叶倚薰風豆虬鬚正綠句人似玉豆手挼紈扇叶算風流句只有蓬瀛句畫圖曾見叶　誰知老子句正自蕭然句於此興頗淺叶只擬問金砂玉蕊句兔髓烏肝句偃月爐中句七還九轉叶今來古往句悠悠史傳句神仙本是英雄做句笑英雄豆到此多留戀叶看看破曉耕龍句跨海騎鯨句千年依舊丹臉叶　便教乞與句萬里封侯句奈朔風如箭叶又何似六山一任句種竹栽花句棋局思量句墨池揮染叶天還記得句生賢初念叶乾坤正要人撐拄句便公能安穩天寧願叶待看佐漢功成句伴赤松游句恁時未晚叶

此效吳體，惟第三段結處一六、一四、一六字，四段九句，「念」字亦叶韻，與吳第二、三首同，平仄稍異。「此」作平。

冉冉雲五十九字　一名弄花雨

韓　淲

倚遍闌干弄花雨韻捲朱簾豆草迷芳樹叶山崦裡豆幾許雲烟來去叶畫不就豆人家院宇叶　社寒梁燕呢喃舞叶小桃紅海棠初吐叶誰信道豆午枕醒來情緒叶閒整春衫自語叶

因首句又名《弄花雨》。

「弄」、「院」、「自」三字，必去聲，勿誤。《詞律》收盧炳一首與此同，以尾句六字爲脱誤。不知此首亦六字，其爲臆斷謬甚。惟盧作後起句用「帶露天香最清遠」，與前起同。下三字俱用去平上較勝。「幾」可平。「崦」、「閑」可仄。

繞池遊慢百四字

遠遠漁村鼓韻斜陽外句賓鴻三兩飛度叶茅檐春小句白雲隱几句青山當户叶騷人底事飄蓬句渾忘卻豆耕徒釣侶叶何時尋豆斗酒江鱸句悠悠千古重賦叶　風流種柳淵明句折腰五斗句身爲名苦叶有秫田二頃句菊松三徑句不如歸去叶山靈休勒俗駕句容我卧草堂深處叶問故園豆悲鶴啼猿句今無恙否叶

後段第四句五字，比各家多一字。

又一體百二字　　黃　璹

墜葉窺檐語韻風簾薄句遞來幽恨無數叶牙籤倦展句銀缸細剔句悄然歸旅叶聲傳漏閣偏長句更奈向豆瀟瀟亂雨叶想近日豆舞袖翻雲句吟箋度雪誰顧叶　當時翠縷吹花句東城綉陌句雙燕何許叶香羅唾碧句暗紗印粉句甚緣重覩叶藍橋鎮芳夢句念騎省豆悲秋漫賦叶待倚闌豆或遇賓鴻句殷勤寄與叶

見《陽春白雪》。後段第七句五字，或是脱誤。

又一體百四字

西湖看荷花同趙倅賦

荷花好處句是紅酣落照句翠靄餘涼韻繞郭從前無此樂句空浮動豆山影林篁叶幾度薰風晚句留望眼豆立盡壕梁叶誰知好事句初移畫舫句特地相將叶　驚起雙飛屬玉句縈小楫豆蘅岸猶帶生香叶莫問西湖西畔路句但九里松下侯王叶且舉觴寄興句看閑人豆來伴吟章叶寸折柏枝句蓬分蓮實句徒繫柔腸叶

調見《澗泉詞》。與晏幾道《繞池游》不同，宜分列。《詞律》失收。

「蘅」字，葉《譜》作「衡」，「柏」字作「柄」，皆誤，今從《歷代詩餘》訂正。

彩鳳飛 八十一字　飛一作舞

七月十六日壽錢伯同　陳亮

人立玉句天如水句特地如何撰韻海南沉豆燒着欲寒仍暖叶算從頭句有多少豆厚德陰功句人家上豆一一舊時香案叶　瞰經慣叶小駐吾州纔爾句依然歡聲滿叶莫也教豆公子王孫眼見叶這些兒豆穎脱處句高出書卷叶經綸自入手句不了判斷叶

《汲古》注：一作《彩鳳舞》。

此調文義不解，惜無他作可證。「瞰」字音「矖」，當作「煞」。此句當是換頭語，《汲古》、《詞律》屬上段，今改正。

「仍」字作「猶」。

秋蘭香 九十六字

未老金莖句些子正氣句東籬淡濘齊芳韻分頭添様白句同局幾般黄叶向閑處豆須一一排行叶淺深饒問新妝叶那陶令豆漉他誰酒句趁醒消詳叶　况是此花開後句便蝶亂無花句管甚蜂忙叶你從今豆采卻蜜成房叶秋英試商量叶多少爲誰句甜得清涼叶待説破豆長生真訣句要飽風霜叶

調見《全芳備祖》，詠菊詞也。《龍川集》未載，《詞律》亦失收。

瑞雲濃慢 百三字

六月十一日壽羅春伯

蔗漿酪粉句玉壺冰醑句朝罷更聞宣賜韻去天咫尺句下拜再三句幸今有母可遺叶年年此日句共道是豆月入懷中最貴叶向暑天豆正風雲會遇句有甚嘉瑞叶　鶴冲霄句魚得水叶一超便直入神仙地叶植根江表句開拓兩河句做得黑頭公未叶騎鯨赤手句問何如豆長鞭尺箠叶算向來豆數王謝風流句只今管是叶

調見《龍川集》。與《瑞雲濃》不同。「雲」字，《汲古》本作「雪」，誤。「是」字、「算」字、「數」字，《汲古》、《詞律》缺，今從本集。